Seiga & Kaito
「守護者がさまよう記憶の迷路」

守護者がさまよう記憶の迷路

守護者がめざめる逢魔が時4

神奈木 智

キャラ文庫

この作品はフィクションです。
実在の人物・団体・事件などにはいっさい関係ありません。

目次

口絵・本文イラスト／みずかねりょう

実は、親友を殺してしまったんです。

目の前に灯《とも》る炎が、私の一言でゆらりとうねった。

同時に、車座になった人たちから微《かす》かな動揺が伝わってくる。皆、それぞれ正面に蠟燭《ろうそく》を立て、闇の中にボンヤリと顔を浮かび上がらせていたが、どれも陰気臭くて正直薄気味が悪かった。私は内心、早すぎた告白を後悔する。

「……どうぞ、続きを」

躊躇《ちゅうちょ》していると、一人の青年が先を促してきた。何の感情も窺《うかが》えない、無味乾燥な声。彼はゆっくりと私に目線を合わせ、興味があるのかないのか曖昧《あいまい》に微笑した。

「今まで経験した中で、一番恐ろしかった体験を話す。その一番手としては、なかなか衝撃的な内容です。さあ、どうぞ続きを。皆さん、聞きたがっていますよ」

「…………」

本当かしら。胡散臭《うさんくさ》い言葉に警戒心を抱き、私はそろりと視線を巡らせた。老若男女、初めて見る顔ばかりが並んでいる。でも、そうでなくては困る。人を殺したなんて話、知り合いに話せるわけがない。そういう意味では、見知らぬ者同士の集いに来たのは正解だ。

「あれは、半年くらい前のことで……」

みし、と家鳴りがした。

びくりと反射的に天井を見上げ、息を詰めて真っ暗な闇に目を凝らす。

「大丈夫。なんでもありません。ここは古い建物ですからね」

怯《おび》える私を宥《なだ》めるように、すかさず青年が口を開いた。他の連中は顰《しか》め面《つら》のまま、微動だにせず私たちの会話を聞いている――ように見える。

「さあ、続きを」

異様な雰囲気に包まれながら、私はおずおずと話を続けることにした。

どちらにせよ、もう後戻りはできない。

ここにいる人たち全員が、私の犯した罪を知ってしまったのだから。

「親友は美紗子《みさこ》といいます。彼女と私は、学生時代からの付き合いでした」

居住まいを正して語り出した途端、今度は、ぴし、と床の間の柱が音を立てる。

大丈夫、あれは家鳴りだ。大体、この建物は古すぎる。以前は小さな旅館を営んでいたらしいけれど、私たち以外に客の姿は見えないし、そもそもこの部屋へ来るまで誰にも会わなかった。きっと、もうやる気がないのだろう。

「殺した、とさっきは言ったけれど、あれはちょっと大袈裟《おおげさ》かもしれません。美紗子が死んだのは事故が原因だし、世間もそれで納得しています。最初に、そのことだけは念を押しておきますね。そうじゃないと、皆さんも居心地悪いでしょう？　人殺しと同席してるなんてねぇ」

私は、わざとおどけた口を利いた。纏《まと》わりつく違和感に、耐えられなくなったからだ。私だけが異端だった。場違いな来訪者。馴染《なじ》まぬ距離感。

ぱたぱた、と軽い足音がした。

すり減った畳の上を、何かが走りまわっている――ように聞こえる。

ふと、不安が胸に兆《きざ》した。

私は、ここに来たらいけなかったんじゃないのか。

「大丈夫ですよ」

青年は、私の動揺を悟ったように笑顔で言った。

さあ、どうぞ。続きを話して。

「美紗子と私は、とてもウマが合いました。本当に仲が良かったんです。大学を卒業してからも、定期的に会って食事や旅行に出かけていました。お互いに結婚しても母親になっても仲良くしていこうねっていつも話していました。だけど……」

おかしなもので、こうして言葉にしてしまうと実に陳腐な思い出だった。私にとって美紗子は一生ものの親友で、特別な友情で、人生を豊かにしてくれる存在のはずなのに、どこかで百万回は聞いたような凡百のありふれた二人にすぎない。

「でも、普通の死に方じゃなかったんでしょう？」

すっかりやる気を無くした私へ、それでも続けろと青年が水を向ける。

「私たちは、それを聞きたいんですよ。貴女の親友がどんな風に死んで、貴女は何故それを〝殺した〟と表現したのか。今まで経験した中で一番恐ろしかった、というお題に、どうしてこの話を貴女が選ばれたのか。その理由を、ぜひお聞かせください」

「悪いけど、さほど目新しい話じゃないですよ」

私は溜《た》め息《いき》をついて、再び話すことにした。

他の連中は、やっぱり一言も口を挟《はさ》まない。身じろぎもせず、咳《せき》の一つも漏《も》らさない。

彼らの代わりに、みしり、と重たそうに天井が鳴った。先刻より、近い気がした。

「早い話が、美紗子の彼氏を私が奪ったんです。ていうか、彼が二股をかけていて私はそれを承知で付き合っていたの。知らなかったのは美紗子だけで、最終的に彼は私を選んで美紗子は捨てられた。あ、でも、私はちゃんと謝ったんですよ？　彼に別れ話をされた美紗子が泣きながら家まで訪ねて来たから、これ以上嘘をつけないと思って。それに、結果的に私が勝ったけれど、立場は逆だったかもしれないでしょう？　そう思うと、彼女の気持ちが痛いほどわかったし、親友だったら潔く全てを告白して謝るべきだって……」

みし。

みしみしみし。

天井いっぱいに、不吉な音が広がった。何か落ちてくるんじゃないかと、私は怖々と視線を上げる。でも、蠟燭の頼りない灯りでは正体を教えてはくれない。

「どうしました？　早く続きを」

「え……あの……」

普通の死に方じゃなかったんでしょう？

青年の言葉が、耳の奥で蘇《よみがえ》った。

「……美紗子は最初は呆然《ぼうぜん》としていた。信じられないみたいだった。だけど、思い返せば幾つも心当たりがあったんだと思う。いきなり顔つきが変わって、踵《きびす》を返すなりマンションの非常階段を駆け上がり出したの。もちろん、私も後を追った。彼女、何か意味のわからないことを叫んでたな。私は追いかけながら〝やめてよ〟って言った。公共の場で騒がれたら、ここに住めなくなっちゃうじゃない。空きが出るのをずっと待っていた、理想的な物件なのよ。ようやく引っ越してこられたのに、あれじゃあ近所の目が……」

どおん！

「ひっ」

部屋全体に凄《すさ》まじい音が鳴り響き、息を呑《の》んで話を止める。

どおん！　どおん！

激しい怒気を孕《はら》んだ振動は、まるで私に抗議しているみたいだ。

「続きを」

思わず耳を塞《ふさ》ぎかけた私に、青年が平然と先を促した。誰も、彼に異を唱えない。

おかしい、こんなの。私はようやく気がついた。

彼らは、私とは違う存在なんだ。変なのは私じゃなく、彼らの方だ。

「続きを話して」

「みさ……美紗子は……」

何とかここから出て行かねば。私の頭は、その考えでいっぱいになった。

大体、どうしてこんな集いに来てしまったんだろう。一体、誰に誘われたんだっけ。脳内を巡る後悔は、どういうわけか美紗子の話となって口から飛び出した。そうだ、話を続けるんだ。この話さえ語り終えれば、きっと彼らは私を帰してくれる。

「美紗子は、非常階段の途中でやっと立ち止まった。確か、八階の踊り場だった。遅れて追いついた私に向き直り、彼女は言ったわ。〝どうして？〟って。〝親友だと思っていたのに、どうして？〟……やっすいドラマで、よく聞くセリフで……」

その瞬間、背中にだらんと誰かが圧《お》し掛かってきた。

湿った気配と、冷たい体温。なのに、息遣いだけが生温《なまぬる》い。

「どう……して……」

しわがれた声が、耳元で苦しげに呻《うめ》く。

「どォ……して……ぇ」

「み、美紗……」

怖い。どうしよう、震えが止まらない。

「ひ……っ……」

ぬっと背後から白い腕が二つ、突き出された。片方が、ぐにゃぐにゃに曲がっている。

「たす……」

助けて、と青年に乞おうとしたが、すぐに無駄だと悟った。

彼らと私は違う、そう気づいたばかりじゃないか。私は罠《わな》に嵌《はま》ったのだ。美紗子の亡霊に憑《と》り込まれるように、上手く仕向けられてしまった。

「わ、私は謝ったわよ！　そうよ、謝ったじゃない！　でも、あんたは許さなかった！　非常階段から私を突き落とそうとして、力任せにしがみついてきた！　あんたが、勢い余って私と一緒に落ちかけたのは自業自得よ！　本当なら、あんたが人殺しになってたのよ！」

負けるもんか。私は気力を奮い立たせ、喚《わめ》き続けた。

あの時、美紗子に突き飛ばされた私は非常階段の低い壁を乗り越えてしまった。でも、咄嗟《とっさ》に柵を摑《つか》めたお蔭であっさり落ちずに済んだのだ。

ただし、一緒に落ちた美紗子が私の足にしがみついていた。

「私のこと殺しかけておいて、あんた言ったよね。〝助けて〟って。そのか細い声を聞いた時、正直虫唾《むしず》が走ったわ。どの面さげて、そんなこと言えたの？　死ねって思った相手に命乞いするなんて、どこまで惨《みじ》めで情けないのよ！」

ぐにゃぐにゃの右腕が私に絡みつき、胸から喉《のど》へと這《は》い上ってくる。激しい嫌悪に襲われて、ぐうっと吐き気がこみ上げた。そうよ。あの時、私はひどく腹が立ったんだ。だから、摑まれていない方の足で何度も美紗子の腕を蹴《け》りつけてやった。なかなか落ちない彼女が厭《いと》わしくて、腕や頭や顔を狂ったようにパンプスの踵《かかと》で蹴り続けた。

『死ね！　おまえが死ね！　死ね！』

切れた口から、美紗子が血を噴き出した。直後に骨の折れる鈍い音がして、やっと彼女は落ちて行った。最後に見たのは、ぐにゃぐにゃの腕。ざまあみろ。私は、そう言ったと思う。だけど、その呟《つぶや》きは美紗子が自転車置き場の屋根に激突する音でかき消された。

どおん！

凄《すご》い音だった。そう、今ちょうど天井で鳴っているように。

「だから……私は……」

喉に纏わりつく、ぬるぬるした赤い指。何本かは、おかしな方向に捩《ね》じれていた。みし。みし。みし。真上の天井が重たくしなり、埃《ほこり》がはらはらと落ちてくる。

「や、やめ……」

殺される。このままでは美紗子に殺される。

喉へ食い込んだ指を、私は引き剝《は》がそうと必死にもがいた。死肉となった腕はぶよぶよして、気色悪さに鳥肌がたつ。呂律《ろれつ》の回らない舌で、私は喘《あえ》ぐように抵抗を続けた。

「い、嫌……放して！　放してよ！」

「ねぇ、どうしてぇ……」

「嫌ぁッ！」

どおん！

たまらず叫んだ瞬間、轟音《ごうおん》と共にばっさりと視界が闇に包まれた。

「え……」

何が起きたのか、全然わからない。

蠟燭が消えたの？　皆は？　あの青年は？　いや、そんなのはどうでもいい。

「見えないわ、何も。蠟燭をつけて。何なのよ、ふざけないでよ……」

「おや、おかしいですね。灯りはちゃんとついたままですよ」

「嘘言わないでッ！　真っ暗闇よ！　何も見えないわよッ！」

金切り声で喚いた途端、嘲《あざけ》るような笑い声が聞こえた。左の首筋を、誰かの爪がなぞっていく。ぞくっと身震いをする私へ、青年が愉快そうに囁《ささや》いた。

「最初から、見えると思い込んでいただけだ。おまえは、勘違いをしていたのさ」

「え……」

「おまえの頭は、とっくに潰《つぶ》れているんだ。目玉どころか、顔がぐしゃぐしゃだよ」

潰れている？

美紗子じゃなく私が？　私の頭が？

「ひ……っ……」

背中を、再びあの湿り気が襲う。

ぐにゃぐにゃの腕が、折れた指が、私の顔をざわざわと包み込んでいく。

「ほうら、お友達が迎えに来た」

青年が笑った。

見えない、何も。

どろりとした闇の中、私の叫びは音にならず喉に詰まっていく。

「哀れなお友達は、自転車置き場の屋根に激突した。一方、おまえは……」

「ひ……ぐ……」

「頭からコンクリートの舗道へ落ちて――顔がぱんって弾けた」

げらげらげら。青年の哄笑《こうしょう》が、幾重にもひび割れて闇を駆け巡る。

「あ……あ……」

ずぶ、と美紗子の指が、頬《ほお》へめり込んできた。

ずぶずぶずぶ。崩れた死肉に、簡単に爪が食い込んでくる。

もう、声は出てこなかった。息もできず、真っ黒な絶望が私を貪《むさぼ》り尽くす。

「あぁ……うぁああ……」

嫌だ。こんなのは嫌だ。嫌だ嫌だ嫌だ嫌だ。

私は死んでなんかいない。美紗子と一緒になんか行かない。私は腐ってない。私は。

「おまえには、地獄がお似合いだよ」

青年の言葉と共に、美紗子の折れ曲がった指が私の肉を抉《えぐ》った。


「初《しょ》っ端《ぱな》から、とんだ客人を迎えてしまいましたね」

車座になった人々へ、青年がにこやかに話しかけた。

蠟燭は三分の一ほど短くなっていたが、焦る必要はない。夜は、まだ続いている。

「〝彼女〟が席に加わった時、私の言いつけを守ってどなたも声を出さなかった。ええ、それでいいのです。ルールは大切です。特に、このような集まりでは」

念のため、もう一度お浚《さら》いしておきましょうか。

青年はにんまりと笑んで、沈鬱《ちんうつ》な面持ちの参加者を眺め回した。

「その一」

語り手の順番が回ってくる以外、何があっても声をたててはならない。

たとえ、己の死に気づかない、顔の潰れた女が現れたとしても。

「その二」

どれほどの恐怖が、闇でとぐろを巻いていても。

全員が語り終えるまで、

誰も

この部屋からは帰れない。

さあ。

『百物語』をはじめよう——。

1

残暑の厳しさを含んだ陽光が、病室の窓から容赦なく差し込んでくる。

朝晩の気温はだいぶ秋らしさを帯びてきたが、午後一番の眩《まぶ》しさは見舞いに通い出した頃とあまり変わらないようだ。しかし、生憎《あいにく》とここは個室なので朝に看護師が開け放したカーテンを引いてくれる者は誰もいなかった。

「今日で……えっと何日目だっけ……」

あまりにいろんなことがありすぎて、時間の感覚が完全におかしくなっている。急に不安にかられて携帯電話を取り出し、葉室清芽《はむろせいが》は日付を確認してみた。

「九月下旬……てことは……まだ十日目くらいなんだ……」

半ば唖然《あぜん》と呟き、そろそろ大学の後期授業が始まる頃だとやっと気づく。けれど、東京《とうきょう》へ戻る気になど全然なれなかった。夏休みを利用してY県の実家に帰ってきた時には、よもやこんな事態に巻き込まれるとは予想もしていなかったのだ。

携帯電話には、着信の履歴があった。二つ下の弟からだ。

病室からはかけられないので、溜め息をついて上着のポケットに捻《ね》じ込む。それから、気を取り直してベッドへ近づくと、眠っている人物へ声をかけてみた。

「――月夜野《つきよの》さん」

微かな呼吸は聞こえるものの、残念ながら返事はない。

むきだしの腕に繋《つな》がれた管の先は、生命を維持するための医療器具たちだった。規則正しい機械音がやたらと耳につく中、もう一度名前を呼んでみる。

「月夜野さん」

息を詰めて、しばらく待った。

けれど、祈りに反して月夜野は目を開かない。怖ろしく整った顔立ちは血の気もなく、睫毛《まつげ》一本すら動かない様は精巧な人形と見紛うばかりだ。

「月夜野さん……月夜野さん……っ」

くり返す声音が、次第に昂《たか》ぶっていく。

だが、相手に届く気配は皆無だった。空しい願いを嘲笑《あざわら》うかのように、ひたすら沈黙だけが積もっていく。それでも諦《あきら》めきれず、清芽は何十回と呼び続けた。

もし彼が目を覚ましてくれたら、きっと全てが好転するはずだった。一度はちゃんと意識もあって、受け答えだってしっかりしていたのだ。それが急に生ける屍《しかばね》と化すなんて、絶対に何かがあったに違いない。それが何なのかわかりさえすれば、もう一度巫女《みこ》の怨霊《おんりょう》と戦うことができる。つまり――月夜野以外にも救える相手がいる。

「〝生き延びなくちゃいけない〟って、俺にそう言っていたじゃないですか……」

心のどこかで無駄と嘆きつつも、清芽は一条《ひとすじ》の希望を捨てきれなかった。

そうやって、昨日も一昨日もその前も虚しい敗北感を味わっている。

「月夜野さん、教えてくれよ……一体、何があったんだよ……！」

シーツをきつく握り締め、揺さぶり起こしたい衝動を懸命に堪《こら》えた。そんな真似《まね》をしたところで、月夜野が突然の昏睡《こんすい》状態から覚めないのはわかっている。「まったく原因不明だ」と主治医は首を傾げていたが、それも当たり前のことだろう。恐らく、医学的なアプローチでは彼を目覚めさせることは難しい。

月夜野には、凄まじい呪詛《じゅそ》がかけられている。

直系男子にかけられた呪《のろ》いは、最後の一人である月夜野珠希《たまき》の死によって完成するのだ。

「呪詛返し……」

重苦しい呟きが、無意識に唇から零《こぼ》れ落ちた。

かつて、月夜野家は一人の巫女によって祟《たた》りを受けた。その宿業《しゅくごう》から救ってほしい、と懇願され、清芽や仲間の霊能力者たちが呪詛返しを行ったのは一ヶ月近く前のことだ。一度は成功したかに見えた呪法だが、残酷な現実の数々が完全に失敗だったことを物語っていた。

それでも、まったく無意味だったわけではない。

三十歳の誕生日に死ぬはずだった月夜野は、意識こそないが自発呼吸はできている。少なくとも、祟り殺すほどの霊力は殺《そ》いだのだ。それが一時的なものであっても、彼女が再び復活する前に手を打てば、今度こそ勝機はあるかもしれない。

何より、清芽には巫女を完全調伏《ちょうぶく》したい理由があった。誰より大切な相手が、この件で巻き添えを食らっている。その人のためにも、このままでいいわけがなかった。

「だから、俺は諦めない」

自身へ強く言い聞かせるように、清芽は厳然と誓いをたてた。

失敗を悔いて絶望し、打ちひしがれるのは簡単だ。事実、しばらくはそんな日が続いた。けれど、ここで諦めてしまっては本当に後悔しか残らなくなる。

ただ守られる立場にいては、事態は一向に変わらない。

今度こそ、自分の手で何とかしなくては。

「諦めない——絶対に」

今、清芽はたった一人だった。

だからこそ、逃げられない。逃げるわけにはいかない。

禍々《まがまが》しい呪いの連鎖を、今生《こんじょう》で全て断ち切るために。

月夜野の病室を出たところで、清芽は弟からのメールを受信した。折り返しで連絡し損ねていたので、焦《じ》れて用件だけ伝えてきたらしい。『一階の受付ロビーにいる』という文面の後、『時間かかってもいい。待ってる』と念を押すように付け加えてあった。

「相変わらず心配性だなぁ」

強引な物言いに苦笑しつつ、実は少しだけ有難いとも思っている。実際、これから寄るもう一つの病室の方では、それなりに気を張って臨まないとならないからだ。

上手く隠しているつもりでも、複雑な心情は聡《さと》い弟にはお見通しらしい。清芽が見舞いに出る時は、大概こうして後を追ってきてくれた。

「よし、行くか」

作った笑顔が強張らない内にと、急いで内科の入院病棟へ移動する。けれど、お目当ての個室まで来ると、やっぱり気後れを感じずにはいられなかった。とりあえずノックをしようと上げた手も、ドアを叩《たた》く前にためらいが出る。どうせ無視されるのを、知っているからだ。

「……ってダメだ、ダメだっ」

慌てて己を叱咤《しった》し、気合いを入れ直す。それから、いつものセリフを心で唱えた。

生きて帰ってきただけでも、十二分に奇跡だ。贅沢《ぜいたく》なんか言っていられない。

「こんにちはぁ」

深呼吸の後、勢いよくドアを開けた。緊張で、心臓はドキドキ波打っている。

案の定、何も返ってはこなかった。白い壁に囲まれた室内は、ひどく寒々しくて全てを拒んでいるようだ。気にしちゃダメだ、と自身を励まし、清芽は続けて明るい声を出した。

「――凱斗《かいと》、調子はどう？」

ベッドに上半身を起こしていた二荒《ふたら》凱斗が、たちまち不機嫌そうな目つきになる。答える気はないらしく、その視線はよそへ向けられたままだった。何が気になるのか、ここへ入院した日から北側の隅をジッと凝視している。

何か、いるんだろうか。

霊感のない清芽には、生憎ただの空間にしか見えない。だが、凱斗は国内屈指の優れた霊能力者だ。その彼が気にかけているからには、恐らく人ならざるモノが視《み》えるのだろう。

地縛霊か浮遊霊、あるいは強い霊力に惹《ひ》かれて集まってきた悪霊か。

以前なら屈託なく訊《き》けたが、今の凱斗とはずいぶん距離ができてしまっている。それに、どのみち自分には視えないのに「いる」と言われてもどうしようもなかった。仕方なく、気づかない振りのまま無難な話題を振ってみる。

「あ……え～と、下で看護師さんに聞いたよ、もうすぐ退院できそうなんだって？」

「…………」

「体力もだいぶ回復したし、後は通院で……」

「通院？」

ようやく清芽を見上げ、彼は剣呑《けんのん》な表情を繕いもせずに吐き捨てた。

「通院なんか、するだけ無駄だ。それに、俺は退院したら東京へ戻る」

「え？」

「ここに残ったところで、やることがあるわけじゃない。巫女の呪詛返しは失敗したんだ。櫛《くし》笥《げ》や西四辻《にしよつつじ》の二人も、もうとっくに戻ったんだろう？　早々に、俺も仕事に復帰する」

「仕事って『協会』の？　そんな、まだ無理だよ。神隠しから帰ってきて、たったの十日しかたってないんだよ？　どんな後遺症があるか、まだ……」

「白々しいことを言うな」

取り成しを一蹴《いっしゅう》し、凱斗は皮肉な笑みを浮かべる。

「後遺症だと？　そんなの、おまえが一番よく知っているんじゃないのか？」

「それは……」

「俺は、おまえが誰なのかわからない。他のことは全部記憶しているのに、おまえの存在だけがまるで虫食いのように空白だ。正直、今こうして話していても、一体誰を相手にしているのか混乱してくる」

「…………」

ぐっと言葉に詰まり、清芽は唇を噛《か》んだ。

自分の存在は、完全に凱斗の記憶から消えている。

わかった時はショックだったし、激しく狼狽《ろうばい》もした。けれど、騒いだところで事態が良くなるわけではない。だから、必死になって平静を保とうと努力しているのだ。

「だけど……一時的なものかもしれないし……」

かろうじて絞り出した声は、我ながら滑稽《こっけい》なほど震えていた。

バカ野郎、平気なはずがないじゃないか。戻ってきたって浮かれた分、天国から突き落とされた気分だったんだぞ。そう続けたかったが、彼を責めたって何もならない。

それに、凱斗は被害者なのだ。呪詛返しの最中、清芽を庇《かば》ったことで巫女の怨霊に引きずり込まれ、そのまま十日近くも神隠しに遭っていた。己の未熟さが招いた結果だと思うと、どんなに謝っても罪悪感は消えない。

「あの、でも、お医者さんもどんなきっかけで思い出すかわからないって」

「気休めを言うな。呪詛返しの失敗が影響しているのは明らかだ」

凱斗がウンザリしたように顔を背け、嫌悪を横顔に滲《にじ》ませた。

「葉室清芽、おまえが俺を気遣って毎日来るのはわかる。だけど、もう諦めてくれ。巫女の怨霊は俺を道連れにする際、俺の魂を食い散らかした。取り戻しようがない」

「や……嫌だよ……」

「何度も言うが、何をしようが無駄だ」

「嫌だっ！」

受け入れ難い現実を突きつけられ、清芽は激しく反発する。

記憶がなかろうが、そのせいで冷たくされようが、自分にとって凱斗は大切な人だ。それを、もう一度失えというのはあまりに残酷だった。自分から手を離すなんてできないし、きっと何か方法があるはずだという希望がどうしても捨てきれない。

「無駄なんてことない」

月夜野の病室での誓いを思い出し、改めて力強く否定した。

もし巫女の怨霊が原因なら、呪詛返しをやり直す。完全に調伏することができれば、彼女の呪いは消滅するに違いない。そうしたら、凱斗の記憶も蘇る可能性は高いと思う。

けれど——喉元までこみ上げる訴えを、いつものように飲み下した。

そもそも、自分は霊能力者ではない。唯一の武器である〝加護〟でさえ、凱斗が身代わりになったことで発動しなかった。いくら決意を固めてはいても、そんな中途半端な力しかない人間が軽々しく「やり直そう」なんて言える立場でないのはわかりきっている。

一人では何もできない、それを誰より恥じているのは清芽自身なのだ。

「とにかく、俺には当分構わないでくれ」

「凱斗……」

「そんな目で見られても、俺はおまえに何も応えられない。鬱陶《うっとう》しいだけだ」

「…………」

本当に、これがあの凱斗だろうか。

いくら記憶が欠けているとはいえ、あまりの違いに愕然《がくぜん》とする。

覚えていないのだから、素っ気ないのはわかる。だが、今の彼は故意にこちらを傷つけようとしている気がした。発する言葉の切っ先が、憎悪に砥《と》がれてでもいるかのようだ。

「この際だから言っておく。俺にとって、おまえは見知らぬ他人と同じだ。優しくなんかしてやれないし、しようとも思わない」

「そんなの……望んでない……」

「…………」

「優しくしてくれなんて、思ってない！」

想いの伝わらないもどかしさに、気づけば声を荒らげていた。

「俺は、ただ凱斗が大事で……帰ってきてくれたのが嬉《うれ》しくて……」

「おまえを忘れているのに？」

「それは、凱斗のせいじゃない」

「もう、おまえを愛していないのに？」

「凱斗……」

心底迷惑そうな顔で、容赦なく追い打ちをかけられる。

だが、それさえも清芽は甘んじて受け入れなくてはならなかった。清芽に関する記憶を失った凱斗は、その事実を一番受け入れ難いと思っているからだ。一縷《いちる》の可能性に望みをかけ、自分たちは恋人同士なんだと伝えてから、彼の態度は一層頑《かたく》なさを増してしまっていた。

（そう……だよな。覚えてないのに、同性が恋人だなんて聞かされたらショックだよな……）

単なる一時的な混乱かと、最初に話してしまった愚行が今更悔やまれる。けれど、何もかも後の祭りだ。できるなら時間を巻き戻したいが、それは叶《かな》わぬことだった。

（それに……）

胸を塞ぐ孤独の翳《かげ》に、清芽は飲み込まれまいと拳《こぶし》を握る。

優しいから、愛してくれたから好きになったわけじゃない。でも、こうも徹底的に拒絶されると危うく相手を責めてしまいそうで怖かった。凱斗の中に居場所がない以上、食い下がったところで嫌われるだけなのに、見苦しく取り乱す自分を抑えられなくなりそうだ。

「……わかった」

これ以上、不毛な会話を続けても意味がない。下手をすれば、互いを傷つけ合ってしまう。

そう判断した清芽は、諦めておとなしく帰ることにした。

大丈夫、また最初からゆっくり始めればいい。

お気楽にしか思えないその言葉を、お守りのようにくり返す。ドアに向かう寸前ちらりと様子を窺うと、凱斗はすでに興味を失った様子で再び北側の壁を見つめていた。

「じゃあ、凱斗。また来るから……」

「二荒さん、失礼しまーす」

ドアに手をかけようとした直前、ガラリと開いて中年の女性が顔を出す。今しがた凱斗との会話に出した、「退院が近いかもしれない」と話してくれた担当看護師だ。

『「御影《みかげ》神社」の息子さんなら信用できるし、二荒さんの入院保証人も貴方だものね』

規定違反なんだけど、と言いつつ教えてくれたのは、連日の見舞いで清芽が浮かない顔をしていたためだろう。田舎の病院ならではの気遣いだ。

「あら、お帰りですか？　これ、二荒さん宛ての荷物が届いたんですけど。はい、どうぞ」

「あ……えっと」

「二荒さーん、お友達に渡しましたよ。後で、検温に来ますからね」

小さな宅配の包みを手渡し、看護師は陽気に去って行った。仕方なく清芽は一度室内へ引き返し、ベッドのサイドボードの上に荷物を置く。

——と。

「視えないんだろう？」

「え？」

ドキリ、とした。

「視えないって……何が……」

凱斗は答えない。試すような沈黙が、じりじりと続くのみだ。

『そこに、何か視えるの？』

好奇心にかられて清芽が尋ねると、いつも困ったような瞳で微笑《ほほえ》まれた。それから、言葉を慎重に選びながら「そこにいる」モノの説明をしてくれる。その口調は真に迫り、視えない世界への手触りまで感じられるようだった。

だが……——。

「要するに、俺とおまえは住む世界が違うんだ」

「凱斗……」

わかったらもう関わるな、と言外に突き放される。

そこには、底なしの絶望だけが滲んでいた。

「兄さん」

項垂《うなだ》れたままエレベーターを降りると、待ち兼ねたように呼び止められる。

ロビーの人込みでも一際目立つ背の高い青年は、弟の葉室明良《あきら》だ。

「あ～あ。その顔じゃ、手ひどくやられたみたいだね。俺がやり返してやろうか？」

「やめろよ。おまえが言うと、冗談に聞こえない」

「だって、本気だし」

軽口を叩きつつ、何があったのかと覗《のぞ》き込まれる。いつもは表面上だけでも取り繕えるのだが、今日ばかりはきつかった。せめて、武士の情けで見てみぬ振りをしてくれないかと願っていたら、まるで心を読んだかのようにフイと視線を外される。

「明良……？」

「帰ろっか。今から急げば、四時のバスに間に合うよ」

「あ、ああ」

地元で一番大きな総合病院なので、バス停もすぐ近くだ。しかし、田舎町なので本数は東京のようなわけにはいかなかった。通院している老人は、病院の巡回バスを利用している。

「月夜野も凱斗も、実家は隣の県だろ。近いくせに、家族や親戚、誰も来ないのかよ」

「凱斗の方は、神隠しに遭った時点でご両親には連絡したんだけど……」

「来るわけないか、あの親じゃ」

訊くだけ無駄だった、というように、明良がやれやれと肩をすくめた。

凱斗の親は霊能力を持った息子を不気味がり、ネグレクトに近い環境で育てた疑いがある。

「月夜野……は、どうなんだっけ。直系はあいつだけでも、一族の人間はいるだろ？」

「遠戚の人が、入院や治療にかかるお金は振り込んできたらしいよ。見舞いは来てない」

「ふぅん、そっちは意外だな。一族の結束が固いイメージだったのに」

「数百年かけた呪詛返しの呪法が失敗して、向こうでも狼狽《うろた》えているんじゃないかな。とにかく、どっちも俺以外に誰か来たって話は聞かないな。もっとも、凱斗は見舞い客の相手なんかする心境じゃないだろうけど」

話している間に先刻のやり取りを思い出し、うっかり暗い顔になってしまった。まずい、と慌ててごまかそうとすると、一瞬早く明良がポンと背中を叩いてくる。まったく、察しが良い弟も考えものだ。

「なぁ、そんなに心配しなくても俺なら大丈夫だぞ」

聞く耳を持たないだろうと思ったが、一応言うだけは言ってみた。

「そろそろ後期授業が始まるし、明良だけでも先に東京へ……」

「マンションの管理なら、櫛笥がやってくれてるって言ってたじゃないか。それに、俺が兄さんを残していけるわけないだろ。平気だって、ちゃんと考えるからさ」

さらりと流されて、どっちが兄だかわからないな、と溜め息が出る。少し前までさして変わらなかった身長も、いつの間にか追い抜かされてしまった。高校時代から弓道で国内トップクラスの実力を誇っているせいか、姿勢が美しいので尚更高く見える。

『俺とおまえは住む世界が違うんだ』

先を歩く背中を見ていたら、不意に凱斗の言葉が蘇った。

それでは、明良ならどうだろう。

破邪《はじや》の刀剣を御神体とする、建立数百年の『御影神社』を守る神主。代々優秀な霊能力者を輩出する葉室家とは、そういう血統にある。その長兄でありながら霊感ゼロの自分と違い、明良は桁《けた》外れの力を持っていた。凱斗とは、まさに同じ世界の住人と言えるのではないだろうか。

「いい加減、諦めなよ」

考え込む姿を誤解したのか、明良が諭《さと》すような口を利いた。

「月夜野だけじゃなく、今や凱斗にも巫女の〝呪〟はかけられている。あいつの頭から兄さんの存在だけが抜け落ちているのは、それが原因だ。病院じゃ絶対に治せない」

「わかってるよ……」

「ま、言い換えれば『一番大事な記憶』だったんだろうね。つまり、二荒凱斗を凱斗たらしめる根拠っていうかさ。それが根こそぎ奪われたんだ。人格が変わるのは必然だよ」

「…………」

皮肉な展開に、清芽は苦い思いを噛み締める。

大事だったから奪われた、なんて言われて素直に納得できるわけがなかった。

「じゃあ、言い方を変えようか」

秋空の下を歩きながら、明良は思い切り伸びをする。まるで世間話でもしているような気楽さに、清芽まで深刻な状況を一瞬見失いそうになった。

「兄さんを忘れたからこそ、凱斗は生きて帰れたんだと思うよ」

「それ、どういう……」

「今の凱斗は空っぽだ。あれじゃ、生きる屍と変わらない。怨霊だって嬲《なぶ》る価値がないってもんだろ。何しろ、あいつは十六年間も兄さんを守ることだけを考えて生きてきたんだ。よく煉《れん》が冷やかしていたけど、筋金入りのストーカーだよ」

「あのなぁ」

ストーカーなんて乱暴な物言いをするのは、その事実を忌々《いまいま》しく思っているせいだ。以前から明良は二言目にはそう言って、凱斗にちくちく嫌みをぶつけていた。

「言ってみれば、俺たちが知っている『二荒凱斗』の核は兄さんが作ったようなものだ。それが綺麗《きれい》さっぱり消えたんだから、別人みたいになるのは当然じゃないかな」

「核……」

「でも、本人が一番ショックを受けていると思うよ。何かを失った、っていう感覚だけは残っているはずだから。それが、兄さんと結びつかないだけさ。だから、余計に苛々《いらいら》……」

「明良……?」

「……してる……」

不自然に会話が途切れ、やがて明良はゆっくりと立ち上まった。

彼の見つめる先に、最近は田舎でも珍しくなった公衆電話ボックスが設置されている。

年季の入ったガラスは薄汚れ、風俗のチラシが隙間《すきま》なくベタベタ貼《は》られているので、すっかり荒《すさ》んでいる印象だ。塗装の剝げた緑色の電話器がかろうじて見えるが、これでは利用客などほとんどいないだろう。

「濃くなってきたなぁ」

ぼそっと、明良が呟いた。

濃い？　と意味深な言葉に引っ掛かりを覚えたが、そういえば、と口を開く。

「なぁ、確か俺たちが小学生の頃、ここで事件か何かなかったか？」

「何かって？」

「詳しくは覚えてないけど……何かあったような……」

「何だよ、それ」

要領を得ない清芽に、明良が呆《あき》れたように噴き出した。だが、それがポーズにすぎないことを清芽は察している。何故なら、彼に視えていないはずはないからだ。先ほど注視していた様子からも、きっとここに巣食う『何か』を感じていたに違いない。

（さっきの凱斗と同じだ。二人とも、何が視えているんだろう）

強烈な疎外感と共に、清芽は彼らの目を通した世界に思いを馳せる。

一口に霊能力と言っても、その内容は千差万別だ。人によって得意分野も違うし、備わった力の優劣もある。だが、明良に限ってはオールマイティと表現するしかなかった。幼少の頃から『御影神社』の神主を務める父、真木《まなき》の元で修行を積み、その有する力の凄まじさは「限りなく死者の世界に近い」と、かつて凱斗に言わしめたほどだ。

「あ、そうだ。思い出したよ。雨の日にさ……」

「なぁ、兄さん。月夜野はどうしてた？　相変わらず寝たまんま？」

「え？　ああ……うん」

強引に話を遮《さえぎ》られ、面食らいつつ頷《うなず》いた。あんまりあからさまだったので、ここで話題にしてはまずいんだな、と内心思う。言の葉に乗せることで悪霊を刺激する場合があるのは、巫女の怨霊で実体験済みだ。

「まぁ、あいつに関しては因果応報だよ」

清芽がすぐ口をつぐんだので、満足そうに明良は言った。

「いくら一族存亡がかかってたからって、あいつが無関係の人間をどれだけ死に追いやったか兄さんだって知ってるだろ。月夜野に関しては、同情の余地がない。むしろ、眠っているとはいえ死ななかっただけでも大したもんだよ」

「でも、このままってわけには……」

「何でさ？　俺たちだって、できるだけのことはやったんだ。結局、呪詛返しは失敗だったけど、もともと月夜野一族を助けてやる義理はなかったんだからっ」

「そんなことはないだろ。祟りの発端は、『御影神社』にあるんだし」

「関係ない。神降ろしの巫女に、神社が純潔を求めるのは当然だ。月夜野家はそれを怠った。その結果、処分された巫女が悪霊になったからって、葉室家には咎《とが》なんてない」

「明良……」

バス停に到着し、ようやく二人は足を止める。

錆《さび》の浮いた案内板には、手書きで時刻表が書きこまれていた。その光景はいかにも平和で、物騒な会話とのちぐはぐさが際立っている。何だか現実の話とは思えない気がして、清芽は思わず背後の病院を振り返った。

「兄さんもさ、責任感じることなんかないんだよ。見舞いだって、もうやめれば。凱斗なら、もうすぐ退院できるんだろ？　外傷は何もなかったみたいだし」

「責任なら、充分あるよ」

「兄さん……」

思いがけず強い口調になり、明良が驚いたように黙り込む。だが、清芽は止まらなかった。こみ上げる苦い思いは、先刻まで罪悪感と後悔に苛《さいな》まれていた名残《なご》りだ。視界に映る白い建物の中では、こうしている間にも月夜野が、凱斗が苦しみ続けている。

「放っておくわけにはいかない。絶対にできない」

明良へ向き直り、自省の意を込めて清芽は言い切った。

「俺は、〝加護〟のコントロールもできないのに何かできる気になっていた。捨て身にさえなれば〝加護〟は発動するし、それで巫女の怨霊も滅せられるんじゃないかって。だけど、実際はそうじゃなかった。凱斗が身代わりに飛び出すなんて、予想もしていなかったんだ」

「…………」

「甘かったと思う。凱斗の性格なら、そうする可能性だってあったのに。それなのに、俺は自分の力を……〝加護〟を信じてもらってるんだって自惚《うぬぼ》れていた。自分が何とかするんだ、って勘違いしてたんだ。全部、俺の未熟さが原因だ。だから、責任はあるんだよ」

「そこまで思い詰めているなら、じゃあ俺も言うけど」

ふう、と明良が溜め息を漏らす。

意味ありげな眼差しが、時刻表からゆっくりとこちらに向けられた。感情の読めない深い色は、彼が不安や苛立ちを押し隠している時によく見せるものだ。

「多分、呪詛返しの失敗の一つはそこだよ」

「え……？」

「凱斗は、他人の霊能力をコピーする力がある。だから兄さんの〝加護〟をコピーして、代わりに巫女の怨霊を潰そうとしたわけだけど……やっぱり、オリジナルじゃなきゃまずい」

「オリジナル……」

話の意図が摑めず困惑していると、打って変わってにっこりと微笑まれる。

「要するに、力不足だったんだ。兄さんの〝加護〟は、そりゃ凄いからね。神格に近いエネルギーを、普通の人間が易々《やすやす》と宿せるはずないだろ。以前にも一度やったんだから、凱斗もその辺は承知していたと思う。それでもあえて挑んだってことは、捨て鉢だったか他に勝算があったのか……とにかく、一か八かの勝負に負けたってことさ。あとは……」

途中で、バス特有の間延びしたクラクションが割り込んできた。田舎町に相応《ふさわ》しい、こぢんまりとした車体が揺れながら近づいてくる。

「〝あとは〟って、何だよ。他にも失敗の原因に心当たりがあるのか？」

「いや別に？　大したことじゃないよ」

「だけど……」

「ほら、ドアが開くよ。兄さん、さっさと乗っちゃって」

一方的に会話を切り上げ、明良が忙《せわ》しなく追いたてた。運転手のぼそぼそしたアナウンスの後、料金箱に小銭を入れるなりバスがゆるりと走り出す。はぐらかされた気分を抱えたまま、清芽は空席の目立つ車内に明良と並んで腰を下ろした。

(呪詛返しの失敗の要因……か……)

前途多難だな、と嘆息し、流れる窓の外を見つめる。

明良の態度からいって、もう一度呪詛返しをしたいと言っても真っ向から反対されるのは目に見えていた。もともと最初から彼は難色を示していたし、失敗したのだって「それみたことか」という感じなのだろう。

（俺は、一人じゃ何もできない。かといって、今度は月夜野さんや凱斗は巻き込めない。俺自身の問題として、巫女の怨霊と対峙《たいじ》する覚悟が必要だ。だけど……）

情けなかった。この期に及んでも、やっぱり誰かを頼らざるを得ない己の無能さが。

前回の呪詛返しでチームを組んだ、仲間たち三人の顔がふと脳裏を過ぎった。年齢も得意な能力もバラバラだが、全員が『日本呪術師協会』でもトップクラスの実力を誇っている。

（どうしよう、櫛笥さんに相談してみようか。そういや、煉くんや尊《たける》くんの家庭教師もずいぶん休ませてもらっちゃってるな。一度、皆には状況をちゃんと説明しないと）

だが、そこまで考えて清芽は躊躇した。

呪詛返しをやり直したい、と話せば、彼らはまた力を貸してくれるかもしれない。しかし、仕事でもないのにこれ以上甘えるわけにはいかなかった。まして、煉と尊はまだ中学生だ。いくら霊能力者として一流でも、そう何度も危険に身を晒《さら》させてはならない。

（くそ、一体どうすれば……）

巫女の怨霊がいつまでおとなしくしているか、清芽には見当もつかなかった。それだけに、すでにカウントダウンが始まっているのではないかと根拠のない焦りが募る。

自分を忘れた恋人。

眠りから覚めない月夜野。

不完全な呪詛返し。

どれ一つとして解決策が見つからず、どこから手をつければいいかもわからない。

「なぁ、明良。さっきの話だけどさ……」

オリジナルでなくちゃ、と言い切った明良に、もっと話を聞きたくなった。けれど、彼は前方の席を睨《にら》んだまま反応しない。そこには誰も座っていないのに、黒目が視えない何かの動きを追って動いている。凱斗の病室や先ほどの公衆電話など、このところ清芽の周りでは異質なモノが見咎められる頻度が増えているようだ。

(普段は、視えていてもほとんどスルーしてるのに)

視えないいんだろう?

俺とおまえは住む世界が違うんだ。

耳に残る声に不穏な予感を覚え、清芽はぞくりと肌を粟立《あわだ》てた。


病室の隅に、四肢を折り曲げて蹲《うずくま》る女がいる。

誰も気づかないが、女は自分がここに入院した時から視えていた。不浄の先客だ。

「おい」

いつもなら絶対にしないのだが、ベッドの上から凱斗は声をかけてみた。

それは、相手の存在を認める行為だ。目を合わせる、意識する。そういった行動が死霊を喜ばせ、執着の矛先を向けられるのは想像に容易《たやす》い。

「おまえ、そこで何をしている」

それでも構わず、重ねて問うてみた。自分は〝聴く力〟が弱い。霊の存在を感じ、視認して場合によっては祓《はら》うこともできるが、声を聴き取るにはかなりの集中力がいる。

女は、虚ろな目のまま反応しなかった。濁った白目に、びっしり血管が浮いている。半開きの唇は乾ききって色もなく、膝《ひざ》を抱える右手はぐにゃぐにゃに曲がっていた。

「ど……おし……」

あらぬ方向を見つめながら、女が口を動かした。

だが、くぐもってよく聴こえない。

「俺は何もしてやれないぞ。さっさと消えろ」

無駄とは思いつつ吐き捨てると、ぎろりと赤い目玉がこちらを向いた。かつて女だったモノは、肉体を失って怨《うら》みと悪意の塊と化している。話の通じるわけがなかった。彼女はぐにゃぐにゃの右腕をだらりと掲げて「痛い……よう……」と訴えてきた。

「いたぁいぃいいい……」

死にかけた魚のように、ぱくぱくと女は訴え続ける。

どうして。痛い。どうして。どうして。痛い。痛い。痛い。

ベッドの周囲には、念のために結界を張っている。そのため近づいてはこないが、女が呻くたびに黄泉《よみ》の臭気がひどくなった。

「……ちっ」

軽はずみな行為を早くも後悔し、凱斗は小さく舌打ちをする。

心配されるのが煩わしくて追い返してしまったが、死霊を相手にするより清芽の方が何倍もマシだった。もっとも、そんな言い方をしたら明良が黙ってはいないだろう。誰もが一目置く最強の霊能力者のくせに、彼はその力を兄のためにしか使いたがらない。清芽のことは記憶していなくても、明良が事あるごとに兄への心酔ぶりを口にしていたことは覚えていた。

「呆れたブラコンっぷりだ。一体、清芽のどこがそんなに……」

うっかり毒づきかけて、すぐに決まりが悪くなる。

わかっている。これは単なる八つ当たりだ。

カリスマ性に満ちた明良と比べたら地味な印象は拭《ぬぐ》えないが、清芽は決して冴《さ》えない容姿はしていない。おとなしめな表情で損をしているが、よく見れば整った顔立ちをしており、明良が兄とよく似ていることに誰もが軽い驚きを感じるだろう。

けれど、『恋人』だと言われたら話は別だ。

自分が同性の青年と恋愛しているなんて、悪い冗談としか思えなかった。まさか、と心当たりを考えてみたが、同性愛の傾向があったとは到底信じられない。からかわれているのでは、と警戒心がいや増すのは仕方ないことだった。

「痛いよう……」

憐れみを乞うように、女がか細くくり返す。

腕や顔に散見する痣《あざ》は、生前ひどい暴行を受けたことを物語っていた。しかし、同情は湧《わ》いてこない。母親から「早く死ね」と言われて育った凱斗にとって、己を取り囲むものは全てが敵だった。そうやって、誰にも心を許さず、開かずに生きてきたのだ。持って生まれた霊能力に振り回され、潰されそうになっていたところを導いてくれた葉室兄弟の父、真木には感謝しているが、彼にさえ尊敬の念は抱いても味方だと思ったことはなかった。

そうだ、と凱斗は考えを新たにする。

清芽が同性か異性かは関係ない。誰かと恋愛している自分、というものが信じられないのだ。他人を愛し、愛され、慈しむ心を己が持っているとは到底思えない。

「消え失せろ」

低く呟き、唇の前で印を切った。

女は恨めしそうに呻き、黒い靄《もや》となって霧散する。どうせまたすぐ現れるだろうが、相当な怨みを抱いて死んだのに違いない。その証拠に、見舞いの花が枯れていた。先日、清芽が持ってきた小さなアレンジメントのガーベラが、醜《みにく》く萎《しお》れて花弁を散らしている。

凱斗は短く息を吐き、眉間《みけん》に指先を当てて頭痛を堪えた。

『凱斗、俺だよ。清芽だよ』

歓喜に震える声音が、何重にも鼓膜で響き渡る。

ここはどこで、自分は何をしていたのか。

霧がかかったような意識の下、立ち尽くした身体に力一杯誰かがしがみついてきた。衝撃で我に返った凱斗は混乱し、喜びに咽《むせ》ぶ青年を不思議な気持ちで見つめ下ろす。

誰だ、こいつは？

どうして、俺を見て泣いているんだ？

『俺……は……』

『良かった。俺、信じてたよ！　凱斗は、絶対戻ってくるって！』

涙でくしゃくしゃな顔を綻《ほころ》ばせ、青年は懸命に笑顔を作った。健気な様子に「愛おしい」という感情が一瞬生まれたが、それを上回る困惑が凱斗を頑なにさせる。

思い出せない。彼のことを。

Y県の『御影神社』で巫女の怨霊調伏をした、その経緯は覚えている。

けれど、傍《かたわ》らに誰がいたのか、どうして目の前の青年が泣いているのか、記憶の回路がまるきり繋がらなかった。断片的な映像は浮かぶものの、虫に食われたようにあちこち穴が空いていて、こうしている間にもどんどん蝕《むしば》まれていくようだ。

『凱斗……？　どうしたの、俺だよ……？』

様子がおかしい、と気づいた相手が、たちまち表情を曇らせた。

『なぁ、どうしたんだよ。俺だよ？　清芽だよ？』

『離せ……』

『え……』

『離せ……ッ……』

焦燥にかられ、凱斗はしがみつく手を振り払った。弾みでパラパラと小さな粒が撒《ま》き散らされ、自分がチョコレートの箱を握っていたことに遅れて気づく。

『あ……』

青年が、濡《ぬ》れた瞳を歪《ゆが》ませた。そのまま、周囲に散らばったチョコレートの粒を悲しそうに見つめている。高級でも何でもない、ロケット型で上部がピンクのイチゴ味になった、昔からよくある駄菓子だった。

何で、こんなものを後生大事に握り締めていたんだろう。

不可解な事実に、ますます混乱がひどくなった。甘い物は好きじゃないし、菓子を食べる習慣なんてありっこない。だったらどうして……──。

『俺は……俺は一体……』

逃げるように歩き出したが、数歩も行かない内に膝を突いた。

俯《うつむ》いた途端、極度の疲労がいっきに押し寄せ、みるみる全身から力が抜けていく。鉛のように重たくなった身体に、青年が狼狽しながら取り縋《すが》ってきた。

『大丈夫、今すぐ人を呼ぶよ！　大丈夫だから！』

『なん……で……』

『え？』

『なんで……おまえが、そんなに必死になるんだ……』

『なんでって……』

『おまえ……誰だ……』

青年が、息を呑むのがわかった。

愕然とし、言葉を失っている様を見れば、彼が自分の帰りをどれほど待ち侘《わ》びていたのか手に取るように伝わってくる。

『まさか、ほんとに……俺が、わからないの……』

嘘だ、と言いたげに、その声が震えた。

興奮状態から一転、蒼白《そうはく》になった顔色に思わず凱斗は目を逸《そ》らす。

『凱斗…なぁ、俺だよ？　清芽だよ。何で覚えてないんだよ？』

『せいが……』

『そうだよ。俺たち……』

『知らない。おまえには、会ったこともない』

知らないと答えるたびに追い詰められるようで、段々息が苦しくなってきた。

清芽と名乗った青年が、「そんな」とか「どうして」と哀れに呟いているのが耳障りだ。早く一人にしてほしかったし、これきり構わないでほしかった。

『ほんとに……覚えてないの……?』

受け入れ難い現実に、清芽は打ちのめされている。激しい動揺を浮かべる瞳は、僅《わず》かな手がかりも見逃すまいと食い入るようにこちらを見つめていた。

しかし、不安なのは凱斗も同様だ。

目の前の彼だけでなく、全てを忘れているかもしれないのだ。

『俺は……俺の名前は、二荒凱斗だ……』

口の中でくり返し、必死で現実に追い縋る。大丈夫だ、名前はちゃんと言える。

二荒凱斗。二十九歳。表向きの職業は、民俗学の非常勤講師。

だが、本職は除霊が得意な祓い屋だ。

以前は優秀な霊能力者が多く所属する『日本呪術師協会』に在籍し、現在はフリーの立場で彼らから仕事を請け負っている。

『それから……ここは……この場所は……』

知っている。ここは『御影神社』の敷地内だ。十代の頃、修行で通ったことがある。その時世話になった宮司《ぐうじ》の真木には、息子がいた。そうだ、そいつと共闘して巫女の怨霊と戦ったんじゃないか。外面は非の打ちどころのない優等生のくせに、その内面に凍てつく闇を飼う青年。名前は——葉室明良だ。

それから……——。

『はむろ……』

わからない。どうしても、もう一人の存在が出てこない。

清芽の顔も名前も、どろりと濁った記憶の底に沈んだままだ。

『凱斗……』

清芽が、消え入りそうな声で呼びかけてきた。ぽろぽろと涙が零れている。だが、拭ってやるどころか返事をする気にもならない。その涙さえ、絵空事にしか映らなかった。

空虚な胸は、「大切な何かを失った」と必死で訴えている。けれど、それが目の前の清芽とどうしても結びつかなかった。巫女の暗闇に支配され、凱斗は喪失の事実に恐怖した。

「……くそっ……」

回想を止め、腹立ち紛れに思い切り布団を叩く。

恐らく、この唇が紡ぐべき名前は清芽だ。いや、そうでなくてはならないだろう。

だが、どんなに躍起になっても無駄だった。清芽に関するあらゆる記憶が、悪意の爪で抉り取られてしまっている。無理に取り戻そうとすれば、穴は逆に広がるばかりだ。

『きっと、すぐに思い出すよ。心配いらないから』

病院に落ち着いた後、気休めにすぎない言葉を清芽は一生懸命にくり返した。まるで、自分自身へ言い聞かせているように。しかし、欠落した記憶が蘇ることは今日までなかった。

「俺は……」

病室に巣食う悪霊より、人の心の方がよほど手に負えない。

かけがえのない何かを失い、凱斗の心は脆《もろ》い空洞となっていた。

2

ええとね、と弱り切った表情で、櫛笥早月《くしげさつき》は来客を出迎える。

とはいうものの、ここは自分の部屋ではない。実家からなかなか戻れない葉室《はむろ》兄弟に代わって、留守中の管理をしているだけだ。持ち前の美貌《びぼう》を活かして霊感タレントとしても活躍中の櫛笥だが、そんな人に留守番なんて、と恐縮する清芽《せいが》を説き伏せて合鍵《あいかぎ》を預かった。もちろん、我ながらお節介なのは充分承知している。

「だからぁ、清芽くんに無断で部屋に上げるわけには……」

「センセエの許可なら、ちゃんと貰《もら》ってるよ。文句ねぇだろ？」

「ちょうどお茶の時間だし、お菓子も持ってきました！」

「いや、あの……」

お菓子って、遠足じゃないんだし。

まいったな、と困惑する櫛笥に、西四辻煉《にしよつつじれん》と西四辻尊《たける》の従兄弟《いとこ》コンビが清芽からの返信メールを突きつけてきた。大方、中学生という利点を活用して甘えまくったのだろう。清芽はお兄ちゃん気質なので、年下のおねだりには弱いのだ。

（でもなぁ、ここの住人は一人じゃないからなぁ）

そう、問題なのは彼らと親しい清芽ではなく、弟の明良《あきら》の方だ。

櫛笥が知る限り、彼ほど唯我独尊の王様はいない。知り合い程度の他人がテリトリーに入ろうものなら、逆鱗《げきりん》に触れる恐れだってあった。

（まいったな。煉くんたちを傷つけずに、どう説明したらいいんだろう）

知り合い程度、なんて言い方をしたら、明良を崇拝している煉と尊はショックを受けるだろう。何しろ、幾度となく除霊の場で共闘してきた仲なのだ。けれど、清芽以外は人間に勘定されているのかも怪しい明良の価値観では、『仲間』や『友人』に格上げは望めまい。

「大丈夫だって。明良さん、センセエには頭が上がらないんだからさ」

「清芽さんが〝いいよ〟って言った以上、きっと許してくれると思います」

「君たち……」

櫛笥の顔色を読んだのか、察しよく二人が声を揃《そろ》えた。

「それに、俺たちは単なるファンだから。明良さんが最強でカッコ良くてミラクルな霊能力者なのは事実だし、こっちの存在が視界に入ってなくたって気にしないよ」

「そ、そういうものなの？」

「愛とは決して見返りを求めないものですよ、櫛笥さん」

「はぁ……」

にっこりと尊に微笑《ほほえ》まれ、負けた、と溜《た》め息《いき》をつく。この調子なら、たとえ後から明良が文句をつけようとしても毒気を抜かれてしまうに違いない。

「仕方ないなぁ、入っていいよ。でも、長居はダメだからね？　ゴミはちゃんと持ち帰って、あちこち勝手に触らないこと。いいね……って、こらこらこら！　言ってるそばから！」

「お邪魔しま～すっ」

わ～い、と櫛笥の横をすり抜けて、二人はウキウキと上がり込んできた。しかし、リビングに入る手前で同時にピタリと足を止めると、作りつけの納戸の扉をジーッと見つめ始める。

「育ってるな」

「うん、育ってるね」

煉と尊は再び声を揃え、真面目くさった様子で頷《うなず》き合った。

「この納戸、何かいる。封印したのは、明良さんかな」

「そりゃそうだろ。センセエは素人なんだから」

「でも、明良さんがやったにしては呪《じゅ》が緩いよ。そのせいで、大きくなってる」

「あ～あ。だから、あんまり入れたくなかったのに……」

やれやれ、と嘆く櫛笥を振り返り、煉と尊は揃って眉《まゆ》を顰《ひそ》めてみせた。危惧《きぐ》した通り、やはり二人の目はごまかせなかったようだ。

一見、煉と尊は屈託のない中学生にしか見えないが、実際は『西四辻の先祖返り』と異名を取る霊能力者だ。裏の陰陽道《おんみょうどう》と囁《ささや》かれた家系は平安まで遡《さかのぼ》り、帝《みかど》に仕えた記録もある。

「なぁ、櫛笥。おまえ、これ無視してたのかよ。無責任だなぁ」

生意気で不遜《ふそん》な俺サマ口調が、西四辻煉。

少年期特有の傲慢《ごうまん》さは、分家とはいえ西四辻家の一門である誇りに裏打ちされている。勝ち気な性分を活かした邪鬼調伏《じゃきちょうぶく》が得意で、どんな悪霊を相手にしても怯《ひる》むことがない。

「これ、放っておいてもいいのかな。明良さん、まだ帰ってこないんでしょう?」

不安げにこちらを見上げる、漆黒《しっこく》の大きな瞳の持ち主が西四辻尊。

美少女と見紛う線の細い少年だが、本家の一人息子で次期当主と目される人物だ。優しげな物腰と風貌でありながら、業界では稀代《きたい》の霊媒師《れいばい》と言われている。

「でもさ、変じゃね?」

小難しげに、煉が首を捻《ひね》った。

「明良さんの封印が、そう簡単に緩むわけない。ここにはセンセエも住んでるんだから、危険要素は徹底的に排除するよな、きっと」

「そうだよね。まぁ、清芽さんには〝加護〟があるから悪霊も悪さはできないと思うけど。それでも、寄ってくれば気が気じゃないだろうし」

「センセエ自身は霊を感じないから、けろっとしてるしさ。あれ、余計に気を揉《も》むよな」

そうそう、と尊が苦笑し、この前もね……と話が逸《そ》れていく。二人にとって清芽は、気の置けない兄のような存在なのだ。煉が「センセエ」と甘えた呼び方をしているのもアルバイトで家庭教師をしてもらっているからで、その懐きっぷりをよく表している。

「清芽くんは〝加護〟の影響で、一切霊能力が備わってないからね。そのくせ、彼の魂は悪霊たちにとって極上の餌《えさ》だ。もし霊を感知できたら、気の休まるヒマもないだろうね」

清芽の境遇を思うと、櫛笥もしみじみと零《こぼ》さずにはいられなかった。

兄の欠けた能力を余さず引き継いだのか、弟の明良の霊能力は桁《けた》外れだ。要するに、葉室兄弟はゼロと百の組み合わせであり、辻褄《つじつま》が合っているようでどこか歪《いびつ》さを感じさせる。

そんな彼らから、櫛笥は目を離せなかった。

「なぁなぁ、センセエの魂が悪霊のご馳走《ちそう》になるってのは、巫女《みこ》の怨霊《おんりょう》が呪をかけたのが原因なんだろ？　しかも、俺たち完全に調伏できたわけじゃなかったんだよな？」

納戸の『何か』には興味が失せたのか、煉がさっさと踵《きびす》を返してリビングへ向かう。

「そういえば、尊くんは昏睡《こんすい》状態の月夜野《つきよの》を一度霊視したんだよね？」

「はい。彼が昏睡状態になったって聞いて、清芽さんに頼んで視《み》させてもらったんです。あの時は二荒《ふたら》さんが戻ってきたばかりで、あっちもこっちもって大騒ぎでした」

「そうそ。だから、日帰りですぐ戻ってきたんだよな」

「残念ですけど、医学的なアプローチでどうにかなるとは思えませんでした。あの人、初めて会った時から闇に憑《と》りつかれていたけど、そういうのともちょっと違っています。肉体は生きているのに、まるで生気を感じなかったんです」

櫛笥から話を振られた尊は、当時の感覚を思い出したのか険しい顔つきになった。

「文字通り、〝魂が抜けた〟状態じゃないかと思います。逆を言えば、そんな彼だから霊視できたのかもしれない。月夜野さんには、憑りついている邪霊が多かったから」

「冗談じゃねぇよ。そんなごみ溜めみたいな男に、尊を触れさせてたまるもんか」

「大丈夫だよ。僕だって、もう近寄りたくないし」

憤慨する煉を宥《なだ》めようと、尊が持参のお菓子を「ほらほら」とテーブルに広げ始める。可愛《かわい》いイラストやキャラクターの描かれたパッケージと、『怨霊』『調伏』などの不穏な話題とのちぐはぐさに思わず櫛笥も表情を緩めた。現状を考えれば笑っている場合ではなかったが、お蔭で少しだけ肩から力が抜けたようだ。

「しかし、いろいろ買ってきたねぇ……」

感心して眺め回し、ふとチョコレートの箱に目を留める。

「あ、これって……」

「ええ、二荒さんがお守りみたいに常備していたやつです。手強い悪霊を相手にする時は、ジンクスみたいに口へ放り込んでましたよね。僕、最初に見た時はびっくりしました」

「何か、あざとくね？　仏頂面の男前に駄菓子のチョコって、ギャップありすぎだろ」

懐かしむような会話の後、どういうわけかみるみる二人の笑顔が曇り出した。その理由は、聞かずとも何となく櫛笥にも察しがつく。神隠しから生還した凱斗《かいと》が、以前とは別人のようだという話は清芽から聞いていた。

「実は……月夜野さんを霊視しに行った時、同じ病院に入院している二荒さんにこのチョコを持っていったんです。ちょっとでも、元気を出してもらおうと思って」

「でも、いらねぇってさ。好みが変わったのか、甘い物は一切ダメなんだって」

「それどころか、面会もできませんでした。〝誰にも会いたくない〟そうです」

「そうか……」

案の定だ。よほどがっかりしたのか、尊は目に見えて落ち込んでいる。

「けど、ムカつくよな。記憶が全部ぶっ飛んだわけじゃないんだろ？　そもそも、味覚ってそんな簡単に変わるもんか？　ふざけんなって感じだよ。尊、センセエのためにも早く二荒さんに元気になってほしいからって、わざわざ用意して行ったのにさ」

「煉くん……」

「……なぁ、櫛笥。二荒さんは、本当にセンセエのこと忘れちゃったのかな……」

一瞬前まで怒っていた煉が、不意に弱気を覗《のぞ》かせた。何だかんだ言いながら凱斗と清芽の恋を応援してきたのだから、裏切られた気持ちがあるのだろう。

「そしたら、今までのことって一体何だったんだよ。あんなにセンセエのこと大事にして、センセエを守るためだけに生きてきた人がさぁ。そういうの、全部嘘になっちゃうのかよ。忘れるって何だよ。ひどいじゃないか。俺、全然納得できねぇよ！」

「煉……」

泣き顔を見せまいと俯《うつむ》く煉に、労《いたわ》るように尊が寄りそった。

従兄弟同士という立場を超えて、幼い彼らにも特別な絆がある。だからこそ、凱斗と清芽の身に起きたことが他人事《ひとごと》とは思えないのだろう。彼らはずっと、明るく振る舞う顔の下で理不尽な運命に怒りを覚えていたのだ。

「櫛笥さんも、二荒さんには会えていないんですよね？」

「ああ。残念ながらね。仕事が立て込んでいて、Y県までは往復している時間が取れなくて。もちろん清芽くんからSOSが来れば駆けつけるつもりだったけど、様子を聞いていると押しかけたところで混乱させるばかりじゃないかと思うし。まず、二荒くんが退院してから……」

「退院して、それからどうするんだよ。呪詛《じゅそ》返しをやり直すのか？」

「え……」

「どうなんだよ、櫛笥」

呪詛返しをやり直す。

煉からぶつけられたストレートな言葉に、思わず櫛笥の舌が強張る。

煉は苛《いら》ついたように舌打ちをすると、更に声を荒らげた。

「巫女の怨霊調伏と呪詛返し、もう一度やり直すのかって訊《き》いてるんだよ！」

「それは……」

「櫛笥さんだって、あれが失敗なのは認めているんでしょう？　だったら、巫女の怨霊はまだ調伏されていないんですよね？　月夜野さんが眠ってしまったのも、二荒さんが清芽さんを忘れてしまったのも、全部まだ終わっていないからなんですよね？」

「尊くん……」

二人から真剣に詰め寄られ、ますます櫛笥の口は重くなる。

迂闊《うかつ》に是とすれば、そこからまた始まる。

一瞬たりとも気の抜けない、呪詛の渦巻く戦いの場。そこへ、まだ中学生の彼らを引きずり込まなくてはならなくなる。

巫女の怨霊調伏と呪詛返し――。

櫛笥の脳裏に、おぞましい祟《たた》りの全貌が蘇《よみがえ》った。


事の起こりは数百年前に遡る。

葉室家の先祖が天啓を受け、天御影命《あめのみかげのみこと》を主祭神に祀《まつ》る『御影《みかげ》神社』をY県に建立した。

その際、御神体の破邪の剣への神降ろしとして二人の巫女が月夜野家から差し出された。しかし、その内の一人が純潔ではなかったため神降ろしは失敗し、巫女は帰されてしまう。

激怒した月夜野家の当主は彼女を幽閉し、身ごもった赤子もろとも惨殺《ざんさつ》した。彼女は死に際に「月夜野家を末代まで祟る」と呪詛を吐き散らし、以来代々の当主は三十歳になると非業の死を迎える運命となる。

追い詰められた月夜野家は、一族の存亡のために代替わりの呪法を行うことにした。当主は死の直前までに跡継ぎを作り、その子に己の死と引き換えの呪をかける。そうやって数代に亘《わた》って蓄積されていった呪によって呪詛返しのための毒を熟成していくのだ。

『私は、宿業《しゆくごう》を背負って生まれてきました。何としても生き延びます』

かくして、呪詛返しの時は満ちた。

最後の当主、月夜野珠希《たまき》は『御影神社』直系の長子である清芽に協力を求めてきた。

「センセエが月夜野に協力しようって決めたのは『御影神社』が関わっていたことと、センセエの魂に悪霊が群がるようになったのが巫女の仕業だってわかったからだろ。『御影神社』の直系が呪詛返しに協力する前に、悪霊に喰われてしまえって」

「だけど、清芽さんは悪霊の餌食《えじき》にはならなかった。生まれてからずっと、何者かによる〝加護〟があったから。これも、巫女の呪と対になっていますよね」

「……そうだろうね」

「櫛笥さん」

居住まいを正し、凜《りん》と背を伸ばした煉と尊が揃ってこちらを見据《みす》えた。

「僕たちがやった呪詛返しは、不完全だった。何故なら、巫女が妊娠していたことを見落としていたから。呪詛の生まれた場所を同時に全部叩《たた》くはずが、実際は一ヶ所抜けていたせいなんですよね。だったら、その抜けた一ヶ所……つまり赤子の墓を探し出しませんか?」

「ちょっと待って、尊くん。それは……」

いつかは言い出すだろうと思っていたが、実際に言葉にされると緊張が走る。しかし、狼狽《ろうばい》する櫛笥に反して、西四辻の二人は極めて冷静だった。まるで、何度となく浚《さら》っていたやり取りを口にするように澱《よど》みなく己の考えを話していく。

「この部屋に、強い結界はありません。でも、僕たちは巫女の話を普通にしている。以前は、言霊《ことだま》だけで彼女を呼んでしまっていたのに。これって、巫女の呪力が落ちている証拠だと思うんです。決して、全部が無駄だったわけじゃなかったと思う」

「俺、尊に賛成。呪詛返しは、もう一度やるべきだ。それも、できるだけ早急に」

「尊くん……煉くん……」

煉が右手を上げ、憮然《ぶぜん》とした顔で従兄弟に賛同した。

彼らは、決して無軌道に煽《あお》っているわけではない。

そのことは、櫛笥にもよく伝わってきた。優れた霊能力者として、呪詛返しへの責任とこれから予想される危険を見過ごしてはおけない、ということなのだろう。

それでも、櫛笥はなかなか「そうだね」とは言えなかった。

（わかっているさ。巫女の怨霊を、このまま放置するのは絶対にまずい。でも……）

怒り狂い怨念を増幅させた巫女は、力を蓄えて反撃の機会を窺《うかが》っているはずだ。調伏するには入念な準備と、冷静な計算と、何より強い意志の力が不可欠だった。何がなんでも倒す、という信念をもって、限界を超えた霊力で捻《ね》じ伏せるしか道はない。

（できるのか、そんなことが。一歩間違えれば、今度こそ黄泉《よみ》に引きずり込まれるんだぞ）

櫛笥は、ぞわりと肌を粟立《あわだ》てた。

身重の身体を引き裂かれ、赤子もろとも苦悶《くもん》の死を迎えた巫女。神を謀《たばか》った彼女は天の怒りに触れ、死して尚、魂に一片の救いも与えられなかったろう。

だから、未来永劫、憎しみと痛みから解放されることはない。

その怨みの凄《すさ》まじさは、きっと想像を遥《はる》かに凌駕《りょうが》する。

「電話……」

突然、尊が呟《つぶや》いた。微《かす》かな呼び出し音が聞こえる。

彼は慌てて自分の携帯電話を引っ張り出し、激しい動揺を顔に浮かべた。と、間髪容れずに別の場所でも呼び出し音が鳴り始める。「俺だ」と今度は煉が言い、自分の携帯電話を握り締めた。櫛笥のカバンからも着信音が漏《も》れ聞こえ、重なり合った音が不協和音へ発展する。

りり。

執拗《しつよう》に鳴り続ける携帯電話。

けれど、誰一人出ようとはしない。

「僕、電源が切れているはずなんです……」

非通知の文字を見つめて、呻《うめ》くように尊が言った。ここへ来る前にバッテリーが切れ、仕方ないので放置してあるのだと。そういう櫛笥も、バイブにして音は切っておいた。外出時は、常にそうしているからだ。そもそも、呼び出しにこの音は設定していない。

「くそ」

小さく毒づき、耐えかねた煉が応答ボタンを押してスピーカーにした。

同時に他の音がピタリと止み、束の間、静寂が訪れる。

次の瞬間、煉の携帯電話から妙な雑音が流れてきた。

「これ……」

「しっ、尊くん」

思わず顔色を変える尊を、すかさず櫛笥が押し留める。

雑音は単なる混線のようにも、荒涼とした土地に吹く風のようにも聞こえた。

『み……ル……』

ざざざ。ざざざ。耳障りな音は続く。

『……テ……る……』

「これは……」

『おまぇぇを……オマエ……おまえをおまえをおまえをおまえをおまえを』

「櫛笥さん！」

半ば悲鳴のように、尊が声を上げた——刹那《せつな》。

『見てる』

ぶつっ。

唐突に雑音が止み、電話が切れた。

「尊！　尊、大丈夫かっ！」

呆然《ぼうぜん》と聞き入っていた櫛笥は、煉の焦る声で我に返る。見れば、尊が真っ青な顔でガタガタ震えていた。煉が必死に彼の両肩を揺さぶり、落ち着かせようと名前を呼び続けている。慌てて櫛笥も尊に近寄り、その背中をさすりながら宥めにかかった。

「どうしたんだ、尊くん。しっかりして」

「僕は……間違ってた……」

「え……？」

宙を泳ぐ眼差しが、不意に大きく見開かれる。

おまえを見てる。

乾いた唇から零れる言葉に、櫛笥はぞっと背筋が寒くなった。

「おまえを見てる。あいつ、そう言った。回線を伝ってきたんだ」

「あいつ……って……」

　さっと煉も顔色を変える。

「僕、巫女は呪力が弱まってるって言ったけど、正しくなかった。言霊は無理でも、僕たちに繋《つな》がるものがあれば追ってこれるんだ。櫛笥さん、僕たちは見られている。彼女の憎悪に。妄《もう》執《しゅう》に。多分、もうすぐそこまで来ている」

「尊くん……」

「一刻の猶予もありません。このまま放っておけば、呪詛返しをやり直す前に邪魔が入る。早くしなくちゃダメです。今すぐにでも、動き出さなくちゃ」

　そう言って、尊は恐怖から逃げるように煉にしがみついた。きつく抱き締め返し、煉が勝ち気な瞳を櫛笥へ向ける。真っ直ぐに視線を合わせ、とうとう櫛笥も心を決めた。

「……清芽くんに話してみるよ。次の呪詛返しはいつにするかって」

　入念な準備。冷静な計算。何より強い意志の力。

　煉と尊が息を詰め、同時に「うん」と頷いた。

神主の正装に身を包んだ真木《まなき》が、先刻から早朝の境内《けいだい》へ清めの塩を撒《ま》いている。

口の中で浄化の真言を早口でくり返し、ぱっと指先から散らされる白い粒は、あたかもそれ自身が意志を持っているかのように四方へ美しく放たれていった。

(相変わらず……)

凜と澄んだ空気を纏《まと》う父の姿に、明良はずっと声をかけそびれている。

こういう時、兄の清芽は臆さず近づいていくので凄《すご》いと幼心にずっと思っていた。それは、霊感のない彼が畏怖を感じないから、という単純な理由とは違う。清芽は、ごく当たり前に父の持つ浄化の力に馴染《なじ》むのだ。

けれど、明良は逆だった。

近寄り難い空気に緊張し、そんな自分がひどく不純な生き物に感じてしまう。さすがに現在はそこまで卑屈になりはしないが、それでも気後れするところは変わらない。

「どうした、明良。用事があるなら、早く言いなさい」

とうに息子の気配に気づいていたのか、塩を撒く手を止めずに真木が言った。

「呪詛返しの穢《けが》れが、まだ完全に取りきれない。相当にしぶといな」

「……手伝いますか?」

「いや、大丈夫だ。構わないから、そのまま話すといい」

巫女の怨霊を調伏するのに、明良たちは神社の境内と巫女の骨が埋まっていた場所の二ヶ所

を拠点にした。あれから一ヶ月近くがたとうというのに、こうして浄化を日課にしないとならないほど妄執の爪痕《つめあと》は凄まじい。

明良は神妙な気持ちで表情を引き締め、静かに父親へ近づいていった。

「兄さんが、呪詛返しをやり直そうと考えています」

「ほう……」

真木は驚かない。厳かな振る舞いで、塩を撒き続けている。

「それは、清芽がそう言ったのか?」

「いえ。だけど、顔つきを見ていれば察しはつきます。父さんもご存知のように、凱斗《かいと》は兄さんのことを忘れている。それが巫女の呪によるものなら、彼女を完全に滅すれば元に戻るはずだと……そう考えているんです」

「………」

「昨日、凱斗の病院へ行きました。病室から出てきた兄さん、ひどく思い詰めていた。俺はわざと茶化したけど、あの人の性格からいって容易に諦《あきら》めたりしないと思う」

話しながら、同時に明良は自身へ問いかけていた。

それで、おまえはどうしたいんだ。

兄に協力するのか、それとも……──。

「あれは、〝加護〟によって霊力を封じられている」

ようやく、真木が顔を上げた。

「それに、呪詛返しの呪法は大変危険だ。何の力もない清芽が、たった一人でどうこうできるものではない。やり直すとなれば、櫛笥くんたちへの呼びかけも必要だろう」

「櫛笥たちなら、進んで協力しますよ。ずいぶんと、仲間意識が芽生えているようだから」

「では、おまえはどうするんだ？」

「え……」

心の内を読まれたようで、ギクリと明良は絶句する。

だが、真木にごまかしが通用しないのはわかっていた。浄化に秀でた霊能力をもつ彼は、その瞳で邪心や迷いを見抜いてしまう。父であり、霊力の使い手として導いてくれる師でもある真木の前では、見栄や体裁など何の意味も為さなかった。

「呪詛返しなんか、くだらない」

早々に取り繕うのを諦め、明良は苦々しく吐き捨てた。

「俺は、凱斗なんかどうでもいい。あんな男のために、兄さんがまた危ない目に遭うのはご免だし、力を貸してやるなんて冗談じゃない」

堰《せき》を切ったようにまくしたてても、真木は何も発言しない。

ひたすらの沈黙が不安を呼び、明良は言葉を重ねずにはいられなかった。

「だって、そうでしょう？　自分のせいで凱斗があなったと兄さんは言う。あいつが消えてから、ずっと自分を責めている。でも、本当はそうじゃない。忌《い》むべきは呪詛返しに巻き込んだ月夜野と、一人で勝手に暴走した凱斗だ」

「そもそもの呪詛返しが間違いだったと？」

「そうです。やっぱり、最後まで反対すれば良かった」

我が意を得たりとばかりに、舌がどんどん滑らかになる。

「月夜野家なんて、勝手に滅びたらいいんだ。あいつらの祖先はそれだけのことをしたんだから、潔く罰せられればいい。巫女の呪いで葉室家の長子——兄さんの御魂が悪霊の餌になったのなら、生涯かけて俺があの人を守ればいいだけのことです。危険を冒して怨霊調伏に乗り出さずとも、道は他にもあったはずだ」

「それが、明良……おまえの真の望みか」

「え……」

厳かに息子を見据え、真木が真実を口にした。

澄んだ水面がありのままを映すように、対峙《たいじ》する父の瞳に明良は己の本音を見つける。

「清芽と共に生きる、それだけがおまえの全てか、明良」

「……そうです」

何を今更、と苦笑さえ浮かんできそうだ。

自分が誰のために、何のために今日まで生きてきたのか、十九年間、一番近くで兄弟を見守ってきた真木が知らないはずはない。

「呪詛返しが失敗したのは、ある意味必然だった。だって、俺はそんなこと望んでいなかったから。だから、別働隊として兄さんたちと同時期に呪法を発動させた時、俺は思ったんです。〝こんなに簡単だったかな〟って」

「…………」

「心のどこかで、これで終わりじゃないってわかっていた。いくら二手に分かれていても、あれだけ邪魔しまくっていた怨霊が何も妨害してこないなんておかしい。こんなに簡単なわけがない、まだ呪《のろ》いは終わりじゃない。わかっていたけど、無視をした。どうでも良かった。兄さんを一刻も早く、こんな茶番から解放したかったから」

その結果、呪詛返しは中途半端な結末を生んだ。

兄は消えた恋人のことしか考えなくなり、一度は救えたはずの月夜野が昏睡状態になったことで、落ち込みぶりは見ていられないほどだった。時を同じくして凱斗は帰ってきたが、まるきり別人のようになっており、忘れられた存在の清芽はますます自分を責めた。

それでも、いつかは時間が傷を癒《いや》してくれる。その時まで側にいればいいだけだ。

明良は、不完全な呪法を見逃したことを後悔などしなかった。

「いや……そんなことはないな。後悔はしています」

誰の声だ、と驚いた。

唇から漏れた言葉が、闇色にひび割れて脳内に反響する。

後悔している。当たり前だ。だって、あの男は生きている。生きて、性懲《しょうこ》りもなくまた兄の前へ帰ってきた。記憶もないくせに、今も兄の関心を独り占めにしている。

自分がどんなに努力しようと、決して座れない位置にあの男がいる。

「呪法が中途半端だったせいで、凱斗が帰ってきちゃいました。いっそ死んでいれば、兄さんも諦めがついたろうに。おまけに、記憶が欠けているなんて最悪だ……」

「明良……」

「最悪だ！　こんなはずじゃなかった！　とんでもなく悪運の強い男だ！」

苛々とくり返しながら、甘すぎた己の認識に歯噛《はが》みする。

いつかは時間が癒す、なんて気休めにすぎなかった。希望がなくならない限り、清芽は凱斗を愛し続けるだろう。自分が側にいようといまいと、兄の想いはずっと凱斗へ向けられたままだ。冷たくされても、突き放されても、過去の凱斗が清芽を永遠に離さない。

「あれじゃ、兄さんは凱斗に縛られる。巫女調伏さえ成功すれば何とかなると、延々期待を持ち続けるんだ。どうしようもない。考え得る限り、最低最悪の展開だ」

「…………」

「俺は認めない。なんで、兄さんばかりそんな目に遭わなきゃならないんだ。凱斗が神隠しに遭ったのは、言わば自業自得じゃないか。兄さんに〝加護〟を使わせたくない？　そんな独善的な理由で呪詛返しを台無しにして、あんな男は帰ってこなければ良かったんだ！」

シネバ

ヨカッタ

ノニネエエエ。

「帰ってこなければ……」

迸《ほとばし》る悪意は、言霊と融合して更なる魔を呼び寄せる。しかし、明良は気づけなかった。溜め込んでいた鬱憤《うっぷん》は、留まるところを知らずに溢《あふ》れ続けている。

愉快だった。爽快《そうかい》だった。

邪魔者を「消えろ」と念じるのは、何て清々《すがすが》しいのだろう。

「凱斗さえいなければ、今頃は何もかも上手くいっていた。許せない。俺と兄さんの生活を、くだらない呪詛返しなんかでめちゃめちゃにするなんて」

「明良……」

真木の眉間《みけん》に、深く皺《しわ》が寄る。

「月夜野なんか、勝手に呪殺されれば良かったんだ。凱斗だけが犠牲になれば、それで……」

「――明良！」

鋭い一喝《いっかつ》が、澱《よど》む空気を切り裂いた。

真木の呼気に正気を取り戻し、明良が半ば呆然と瞬きをくり返す。

「あ……」

昏が止まった瞬間から、心臓の音がやかましく鳴り出した。これは不浄の音だ。怨みの念に血が沸きたち、悪意に染まって全身を駆け巡っている。

「先刻も言ったが、ここには穢れが残っている」

真木が深々と息を吐き、厳しい眼差しを息子に据えた。

「言霊には気をつけなさい。邪気を含んで己が食われかねない。だが、おまえはそこまで弱くはないだろう。雑霊など寄せ付けぬよう、相応の修行は積んであるはずだ」

「す……みませ……」

乱れる呼吸を懸命に整え、明良は体内の澱《おり》をゆっくりと排出にかかった。吸って吐き、吐いて吸う。神気を降ろした呼気で邪気を包み、まとめて打ち消していく。だが、いつもなら容易にカタのつく呪が今はなかなか上手く運ばなかった。

「今の話を、清芽は知っているのか？」

「……いえ。昨日、うっかり口が滑りそうになったけれど、さすがに言えませんでした」

「そうか」

短く答えた後、真木が右手を静かに振り上げた。

能の所作を思わせる優雅な弧が、明良の視界を過《よ》ぎっていく。その手から浄化の塩が振り撒かれ、一瞬で黒ずんでぱらりと地に落ちた。

「これは、俺の穢れですか」

微かな屈辱《くつじょく》を覚えながら、明良が尋ねる。

「呪詛返しの失敗は、俺一人が招いたものじゃない。言ったでしょう、必然だったと」

「そうだ、ある意味避けようのない結果だっただろう。だが、私怨の言霊を発することで、おまえは穢れを纏ったのだ。今、私が祓《はら》った程度ならさして問題はないが、自覚を常にしておくといい。おまえは水神に憑かれたことで、欲望の恐ろしさを学んだのではなかったのか」

「それは……」

痛いところを衝かれ、たじろいだ。凱斗への嫉妬《しっと》と兄への執着がもっとも忌むべき形で発露した水神の事件は、明良の自信や自尊心をズタズタにしていた。

あんな思いは、もう二度とご免だ。どんなに兄が欲しくても、穢れた御魂では彼には近づけまい。妄執の虜《とりこ》となったが最後、〝加護〟に撥《は》ねつけられてしまう。それでは、何もならないのだ。兄が自ら欲して手を伸ばすような、そういう存在にならなくては。

「明良、呪詛返しをやり直しなさい」

「え……?」

混沌《こんとん》とした闇に、真木の声が響き渡った。

光を含んだその言葉は、明良が考えもしなかったものだ。

「とう……さん……?」

「呪詛返しをやり直すんだ。他の誰でもない、おまえ自身のために」

「…………」

呪詛返しをやり直せ——だって？

きっぱりと言い放たれ、明良はよろりと後ずさった。たった今、呪詛返しの一切から兄を遠ざけたいと訴えたばかりなのに、父は何を言っているのだろう。

「俺自身のためって……それは贖罪《しょくざい》って意味ですか」

「そうではない。巫女の呪詛から、清芽を解放してやるのだ。御魂が悪霊の餌となる故に、あの子には〝加護〟が備わった。すなわち、御魂の呪詛が消えれば〝加護〟もまた、その役目を終えることになる。真の意味で、清芽は自由の身となるだろう」

「そうしたら……俺は兄さんにとって……」

いらなくなる。

その一言が口に出せず、思わず唇を噛んだ。

「本当にそう思うのか？」

心の声に触れたかのように、真木は穏やかに訊き返してくる。

「明良、おまえの存在価値は清芽が握っていると？」

「だ……って、実際に今の兄さんは無防備すぎる。誰かが守っていないと、群がる悪霊がどんな手段に出るか……そうでしょう？」

どれほど〝加護〟が悪霊を撥ねつけようと、間接的な悪意は防ぎようがない。清芽自身に害を及ぼせなくても、彼の周囲に災いを起こして傷つけることは充分に可能なのだ。

だからこそ、人ならざる強い霊能力が自分に与えられたのだと明良は信じている。ともすれば現世から足が離れそうになる不安を、清芽という「守るべき」存在が足止めしてくれているのだ。それ故の兄への執着であり、自分を人間たらしめる清芽を愛さずにはいられなかった。そのことは、真木もよく承知しているはずだ。

それが、間違っていると父は言うのだろうか。

「巫女の呪詛が消滅した時、おまえの世界も確実に変わる。その時、もう一度考えなさい。己が生を受け、清芽の弟として降ろされた意味を」

「俺の……世界……？」

「だから、自分のために呪詛返しをやりなさい」

さながら天啓であるかのように、真木の言葉が心臓を貫く。

世界が変わる、なんて想像もしていなかった。

〝加護〟が消え、呪詛から解放された兄と化け物のような自分が共存する世界。バランスを崩した自分たちがどうなるか、神様だってきっとわかりはしないのに。

（いや、俺にはわかる。俺だけが取り残されて、生きながら黄泉に近い場所を生きるんだ。生者と死者、そのどちらにも属せず人と違うモノを聴き、視ながら生き続けていくんだ……）

救われたいのは、凱斗や清芽だけじゃない。自分もだ。この世でたった一人かもしれない、という恐怖から救われたい。ただの人間なのだと、安心できる世界が欲しい。

それを、清芽を失った後でも望めるとは思えない。

それなのに、父は「やり直せ」と言うのか。

「俺のために、呪詛返しをやり直す……」

「そうだ」

真木は深く頷き、ひたむきに耳を傾ける明良へ告げた。

「そうして、必ず巫女の怨霊を調伏しなさい」


あの、じゃあ、次は僕でいいですか。

か細い声でおそるおそる手を挙げたのは、まだ高校生くらいの少年だ。細身で小柄、一見して文系とわかる容姿の彼は、微かに青ざめた顔で主催の青年と向き合った。

「いいも悪いもありませんよ」

青年は、一人だけ車座の外に座っている。蠟燭《ろうそく》の灯《あか》りは中途半端にしか届かず、その顔立ちもはっきりと参加者の目には映らなかった。それは少年も例外ではなく、ただ相手が笑んでいいる口元に気づいてホッと胸を撫《な》で下ろす。

当然だ。「これまで体験した中で、一番の恐怖を話す」――この課題をクリアしなくては百物語の席から永遠に帰れない。そもそも、語り手以外が声を出すのは禁じられていた。

もし、そのルールを破ったらどうなるのか。

想像するのが怖くて、少年は考えるのをすぐに止めた。

「君の名前は、確か……」

「崇文《たかふみ》です。木崎《きざき》崇文。高校一年です」

「では、崇文くん。どうぞ、お話しください」

「は……はい」

あっさりと促され、思わず生唾を飲み込んだ。

少ない人数とはいえ、人前で話をするなんて初めてに等しい。少年は見た目通りに性格もおとなしく、一人で本を読んだりゲームをするのが好きだった。

だが、今夜はやらねばならない。生きて、この座敷から出るために。

「……あれは、僕が高校に入ったばかりの頃でした」

かつて無理やり蓋《ふた》をした忌まわしい記憶を、半ば強引に舌へ乗せる。

思い出してはいけない、と頭の隅で警告が鳴ったが、帰りたい一心で少年は続けた。

「僕の高校、バス通学なんですけど、通学路の途中に公衆電話ボックスがあるんです」

僕は、上ずる声でたどたどしく話し始めた。

緊張しているのは、人に聞かせているのだけが理由じゃない。「あれ」を他人に話すのは、これが最初だからだ。見たもの、聞いたものを記憶の奥底にしまい込んで「なかったこと」として過ごしてきたから、自分でも現実か夢かよくわからなくなっていた。

「そこ、地元では一番大きな病院の近くなんで、母親の話だと以前はけっこう利用者がいたみたいでした。でも、ここ数年は見向きもされなくなって、僕も誰かが使っているところを見たことはありませんでした。見たことないっていうか、気に留めたこともないです。だって、下着姿の女の人が出ているビラとか、そんなのがベタベタ貼《は》ってあったし」

余計なことまで口走って、僕は少し後悔する。だけど、車座になった人たちは誰一人、くすりとも声を出さなかった。もちろん、それもルール通りだ。

「それで……えっと、ちょうど梅雨に入った時期だったかな。雨が降っていたから。僕は委員会で遅くなって、だいぶ暗くなった道を歩いていました。傘のせいで視界は悪かったし、その日は何だかとっても肌寒くって、早くバス停に着かないかなぁって、足元を見ながらそればかり考えてました」

ああ、段々記憶が鮮やかになってきた。

話しながら、僕の脳裏にはあの日の光景がくっきりと蘇り始める。

いや、見たもの、だけじゃない。

聞いたもの、もだ。

「さっき言ったように、僕は足元ばかり見ていました。だから、いつの間にか周囲に人がいなくなっていることに気がつきませんでした。あの道、日中は病院に出入りする人がけっこういるんだけど、時間も遅かったし……雨だったから……」

陰気な雨音、ぴちゃぴちゃ跳ねる水溜まり。

そんなのが耳に入っては消え、たまに車のライトが前方から後方へ流れていく。ひたすらそのくり返しで、帰宅を急ぐ僕の頭は空っぽになっていたんだと思う。

「その時、聞こえたんです」

ギイィイイ。

それは、電話ボックスのドアがぎこちなく開く音だった。

僕はギョッとして足を止め、ああ、もう病院の近くまで来ていたのか、と息を吐く。ボーッと歩いていたから、うっかり出てきた人にぶつかるところだった。

「すみませ……」

あれ、と面食らう。目の前には、誰もいなかった。

じゃあ、電話ボックスに入る音だったのかと中を覗いたけど、窮屈そうな空間は空っぽだ。

おかしいな。確かに、誰かが今ドアを開けたはずなのに。

僕は、まじまじと薄汚れたガラス越しに電話ボックスを凝視した。

ぱらぱらぱら。頭上では止まない雨が傘を叩いている。湿った闇の中、無人の電話ボックスが接触の悪い照明をちらつかせながらぼうっと浮かび上がっていた。

「…………」

なんだか気味が悪い。僕は、いやぁな気分になった。

塗装が剝《は》げて錆《さび》が浮いた電話器は、あちこち落書きされている。ペンで書いたものもあれば、コインで引っ搔《か》きながら書いたようなものもあった。角張った文字はドア越しなので不明瞭だったけど、やがて僕はあることに気がつく。

これ、全部同じ名前だ。

筆跡や大きさ、カタカナや漢字にローマ字、いろいろ違いはあるけど、よく見ればどれも同じことが書いてあった。僕は興味にかられ、懸命に目を凝らしてみる。

「マ……リ……」

そういえば、ここって何で使われなくなったんだっけ。

「コ……」

ふと、どうでもいいことが気になった。ずいぶん前、クラスメイトの誰かが話していたような気がする。病院前の電話ボックス、あるだろ。あそこで、マリコって女が……。

「死んだんだよ」

はっきりと、耳元で声がした。

男とも女とも判別つかない、無感情な低い声だ。

「…………」

ぱらぱらぱら。

傘を叩く雨の音に、僕は必死ですがりついた。全身に、びっしょり冷や汗をかいていた。

今、確かに声がした。絶対、誰もいなかったはずなのに。

心臓が、ばくばくいい始めた。いや、きっと空耳だ。だって、どんなに周囲を見回してもここには僕しかいない。他に人の気配はないし、足音も聞こえなかった。

帰ろう。帰らなきゃ。

猛烈な焦りが僕を襲った。

こんなところ、立ち止まっちゃいけない。一刻も早く離れるんだ。

すぐにも走り出したい衝動を堪《こら》え、僕は「落ち着け」と自分へ言い聞かせた。何とか気を取り直し、よし行こうと顔を上げる。

「……ッ……」

その瞬間、息が止まりそうになった。

視界に映る電話ボックス。

薄汚れたそのガラスには、傘を持った僕がボンヤリと映り込んでいる。でも、それだけじゃなかった。すぐ隣に、見覚えのない女の人が立っている。

「え……え……?」

わけがわからず、慌てて横を見た。誰もいない。僕は一人だ。

それなのに、電話ボックスには僕と並んで女の人が映っていた。顔立ちは曖昧《あいまい》だけど、黒い髪が長く伸びている。ワンピースのようなものを着て、僕よりちょっと背が高い。

女の人が笑った。

僕が見ていることに気がついた、とでもいうように。

「う……うわ……うわわ……」

叫ぼうとしたけど、舌が喉《のど》に張り付いて動かなかった。逃げろ。逃げろ逃げろ逃げろ。頭では警告が鳴っているのに、足ががくがくと震えて役に立たない。目を逸らすどころか瞬きさえできず、僕は魅入られたように女の人と見つめ合った。

「おいで」

さっきと同じ声がした。

女の人が、ゆっくりと手招きをする。

「おいでぇ」

ギイイィイ。

電話ボックスのドアが、嫌な音を立ててゆっくりと開いた。扉が折り畳まれ、一時的に女の人が見えなくなる。だけど。

――いる。

僕の耳元で、微かな息遣いがする。

顔を見るのは怖かったので、僕はそろそろと視線を下げた。速まる鼓動に追い立てられ、緊張で唾をゴクリと飲み込む。やがて、びしょ濡《ぬ》れになった自分のスニーカーが映った。その周りには、雨の波紋が生まれては消えている。

そうして。

足が見えた。裸足だ。

電話ボックスの淡い照明に照らされ、蠟のような色や甲に浮いた血管までわかる。

「ひ……」

ぴちゃ。水の跳ねる音がして、汚れた爪先がこちらへ向けられた。

禍々《まがまが》しい含み笑いが、傘の向こうから聞こえてくる。

やがて、相手の両手がぺったりと傘に張り付いた。

「おいでぇ」

今度は、やけにはっきりと耳へ届いた。

舌なめずりをしながら、彼女の影がざわざわと迫ってくる。

僕は無我夢中で、「嫌だッ！」と叫び返した。

「僕は行かない！　行きたくないっ！」

「おいで……おいで……」

これが、ビニール傘でなくて助かった。もし顔なんか見てしまったら、一生忘れられなくなるだろう。こんな時なのに、頭の隅でそんな考えが過ぎった。

「おいでぇ……おいでぇ……」

傘越しに、女の人は何度も何度もくり返す。

僕は頑として拒み通し、傘が壊れませんようにと必死に祈った。もう、雨を避けるどころじゃない。肩から背中までぐっしょり濡れたけど、構っている余裕なんかなかった。

その時、一台の車が通り過ぎた。ヘッドライトの灯りが、数秒間僕たちを照らしていく。

そちらに気を取られた瞬間、傘が嘘のように軽くなった。

女の人の気配は消え失せ、あの怖ろしい声も聞こえない。まるで最初から何もなかったように、雨だけが静かに降り続けていた。

「き……えた……？」

わけがわからず、僕は呆然と呟いた。

おそるおそる傘から顔を出して覗いてみたけど、本当に誰もいない。

僕は混乱し、頭がどうかしたんじゃないかと不安を覚えた。とにかく、今すぐここから立ち去らなくちゃ。全部夢だったことにして、人がいる場所まで行かなくちゃ。

僕は、おぼつかない足取りで歩き出そうとした。けれど、違和感にすぐ足が止まる。何かが変だ。前とは違う。何だろう、ひどく落ち着かない。

「…………」

ふと、傘を回してみた。何故、そんなことをしたのかわからない。

視界を占領する防水布に、覚えのない文字が落書きされていた。

僕はうわっと叫んで傘を放り投げ、ぬるりとした感触に驚いて右手を見る。いつの間にか人差し指の爪が剝がれ、手のひらまで血まみれになっていた。

「うわ……うわぁ……うわ……」

言葉にならない叫び声が、いつまでも喉から溢れてくる。

傘には、真っ赤な血文字で『マリコ』と書かれていた。


「それで、君はどうしたんです?」

話を語り終えた相手へ、主催の青年が興味深そうに尋ねた。

少年の顔色は青い。話しながら、当時のことを鮮明に思い出したせいかもしれない。気の毒なくらい怯えた表情で、彼は申し訳なさそうに首を振った。

「わかりません。僕は気を失っていたらしいです。通りがかった人が、電話ボックスの中で倒れている僕を見つけて病院へ運んでくれました」

「電話ボックスの中に？」

「でも、変でしょう。僕が、自分から入るわけがないんだ。病院で意識を取り戻した時、運んでくれた人が話してくれました。〞まるで、閉じ込められているみたいだった〟って」

「ほう」

「もちろん、ドアはすぐ開いたそうです。だから、ますます奇妙で……」

少年は、納得いかない様子で付け加える。蘇った記憶を再生して、余計なことに気がついてしまったかのように。主催の青年は非常に満足した顔で、くすくすと笑みを零した。

「おや、何か気になる点でも？」

「ええと……あの……」

しばし言い澱み、思い切ったように少年は言った。

「僕、もう一つ思い出しました。クラスメイトの話です」

「クラスメイトの話？」

「あの電話ボックスで、何年か前に女の人が死んでたって話です。詳しいことはわからないけど、それで利用する人がいなくなったって。あそこから電話をかけると、この世じゃない場所へ繋がってしまうからだそうです」

「…………」

「そこで死んでいた人の名前が……マリコっていったって……」

少年の唇は、恐怖のために戦慄《わなな》いていた。

彼は救いを求めるように青年を見たが、返ってきたのは愉悦に歪《ゆが》んだ微笑だけだ。思い出してはいけないと、無意識に封印していた記憶が百物語のせいで息を吹き返してしまった。

「そのマリコって女の人」

一人で抱えるのが怖くて、少年は早口で先を続ける。

「名前を呼ばれると、迎えに来るって」

吐き出された言葉が、ゆらりと蠟燭の炎を揺らした。

そうだ、百物語は語り終えた後で自分の蠟燭を吹き消すのがルールだ。主催の青年が目線でそれを促し、少年は青ざめたまま揺らぐ炎に顔を近づけた。

ふっ。

軽く息を吹きかけた途端、いとも簡単に炎が消える。

次の瞬間。

「おいでぇ……」

少年の隣から、あの声が聞こえてきた。

3

「昨日、櫛笥《くしげ》から連絡があったぞ」

いつものように病室へ入るなり、唐突な話題を出されて面食らう。ベッドの凱斗《かいと》は相変わらず仏頂面をしていたが、それでも彼の方から積極的に話しかけてくるのは初めてだ。

「え……と、櫛笥さんからって……」

「しらばっくれるな。話の内容くらい、おまえにも見当がつくだろう」

「そんなこと言われても……」

頭ごなしに決めつけられ、ますます答えに窮してしまう。

大体、櫛笥の連絡とはどういう手段だろうか。凱斗の携帯電話は神隠しに遭う前から壊れているし、手紙や電報を打ったという話も聞いていない。傍《かたわ》らのパイプ椅子《いす》を開いて腰かけながら、さっぱりわからず清芽《せいが》は首を捻った。

「察しが悪い奴だな。おまえが、昨日そこへ置いていったんだろうが」

「俺が？　何を？」

「看護師から預かった荷物だ。櫛笥から、〝不便だからこれを使え〟と契約済みの携帯電話が送られてきた。電源を入れた途端、待ち構えたようにメッセージが来たぞ」

「あれ、携帯だったんだ！」

凱斗との会話があんまり殺伐としていたので、荷物にまで気が回らなかった。素直に驚く清芽に溜め息をつき、凱斗は再び鋭い目つきを向けてきた。

「おまえ、呪詛返しをやり直すのか？」

「それは……」

単刀直入に切り込まれ、櫛笥からの連絡がどういう類《たぐい》だったか瞬時に悟る。即答できず口ごもっていたら、ジッと瞳を覗き込まれて狼狽した。以前の自分たちには当たり前の距離が、今はすっかり意味を違えてしまっている。間近で視線を交えても甘いときめきはなく、逆に緊張が増すばかりだ。

恐らく、櫛笥は余さず現況を伝えたのだろう。そこには、清芽へも呪詛返しの打診をしたこと、その返事をまだもらっていないことなども含まれているはずだ。

「あの、櫛笥さん、凱斗には何て？」

「おまえからの返事がない、何か引っかかっていることでもあるのか、と気にしていた」

「…………」

「だから、〝知るか〟と返しておいた。実際、俺には関係ない」

迷惑だ、と言わんばかりの口調に、慣れたとはいえ心が重くなる。

確かに「知るか」だろうが、櫛笥に関しては記憶があるのだ。知人に対してずいぶん素っ気ない態度を取るものだ、と清芽は軽い驚きを禁じ得なかった。恋人だった頃の凱斗も決して愛想がいいわけではなかったが、それなりに礼儀は尽くしていたのに。

『言ってみれば、俺たちが知っている「二荒《ふたら》凱斗」の核は兄さんが作ったようなものだ。それが綺麗《きれい》さっぱり消えたんだから、別人みたいになるのは当然じゃないかな』

ふと、明良《あきら》の言葉が脳裏を掠《かす》めた。

彼の言うことが本当なら、目の前にいるのは「もし」の世界の二荒凱斗だ。分岐点で違う選択をした恋人を、かつての彼のように愛せるだろうか。

「……何だ？　俺に言いたいことがあるなら、さっさと言え」

無意識に顔を凝視していたらしく、不機嫌に眉を顰められた。ふん、と横顔を向ける様子は刺々しいが、どこか決まりが悪いのをごまかそうとしているようにも見える。

（やっぱり……嫌いになんかなれないよ……）

自分でも戸惑うほど、愛おしい気持ちが胸の奥を熱くした。

どんなに性格が変わろうと、その魂までは弄《いじ》れない。

凱斗の本質が『孤独』から作られていることは、生い立ちを知った時に充分思い知った。それ故に彼は自らを傷つけるのも厭わず、命への執着もあまり見せない。そこが、清芽は前から不安でならなかった。いつか、急に消えてしまうのでは、という恐れを抱いていた。

今、相対する凱斗にも同じ感情が湧いている。どうしようもない孤独と、それをごまかすための投げやりな態度。そのくせ、真っ直ぐにぶつけられる想いには困惑を隠せない。

表面的にどれほど違っていても、その本質は記憶を失う前とまったく一緒なのだ。

（そうだよ。どんな風に変わっても、俺にとって凱斗は凱斗だ。……大事な人なんだ）

思いを新たにし、清芽は素直に口を開く。

自分が見つめている相手こそが、これから先も愛していく人なのだ。

「凱斗、好きだよ」

「おい……」

ごく自然に零れ出た言葉に、凱斗の目が動揺を浮かべる。

彼は頑《かたく》なにこちらを向こうとしなかったが、初めて言葉が届いた気がした。

「俺、凱斗が大好きだよ。だから、俺の話を聞いてほしい」

「おまえの話……？」

「櫛笥さんが言っていた、呪詛返しについてだよ」

愛の告白とは裏腹な、物騒な話題を続けて清芽は口にする。しかし、逆に興味をそそられたのか、凱斗がようやく視線を戻してきた。好きだよ、という言葉がどう繋がるのか、こちらの真意を探りたがっているようだ。

「実は、どう返事していいのか、正直よくわからないんだ」

関心を持たれたことに勇気を得て、正直な気持ちを打ち明けてみた。

昨日、櫛笥がＬＩＮＥで「呪詛返しをやり直したい」と言ってきた。それは、煉《れん》や尊《たける》とも話し合った結果なのだという。けれど、清芽は既読にしたまま何も返せないでいた。願ってもない申し出ではあるのだが、再び櫛笥たちを巻き込むことになかなか決断が下せなかったのだ。

巫女の怨霊の凄まじさは、身をもって経験した。だからこそ、次は失敗が許されない。

道義的問題や同情、焦りから安易に結論を出すような真似《まね》はしたくなかった。

「呪詛返しを成功させるには、俺の〝加護〟が必要不可欠だ。それも、確実に発動させなくちゃ意味がない。ギリギリまで危険に身を晒《さら》すような、偶発的な展開を期待していちゃダメなんだ。甘えている部分を全部捨てて、死ぬ気で臨む覚悟をしないと」

「別に、おまえが動く必要なんかないだろう」

「え？」

「そうやって、一人で背負い込もうとするから失敗したんじゃないのか」

いかにも面倒そうに、凱斗が意見してきた。

「櫛笥も西四辻《にしよつつじ》の二人も、優秀な霊能力者だ。素人が出しゃばるより、よほど成功の確率は高くなる。なんなら、明良も巻き込んだらどうだ？　おまえを守るためなら、あいつだって何とかするはずだ。あれは人の域を超えている。ずいぶんと頼りになるぞ」

「そんな……そんな簡単にいくかよ」

清芽は強く否定し、冗談じゃないと血相を変える。

「確かに、あいつが力を貸してくれたら凄く助かるよ。だけど、俺を心配してくれる気持ちを盾に協力は頼めないよ。そんなの脅迫と同じじゃないか」

「綺麗ごとだな」

「綺麗ごとでも何でも、俺はもう後悔したくないんだ！」

「…………」

心配されるのは当然だろうが、それでは前回と何も変わらない。思わず声を荒らげると、鼻白んだように凱斗が黙った。それも意外な反応だったが、もしかしたらもっと早く本音で話してみれば良かったのかもしれない。

罪悪感と過剰な気遣いから、腫《は》れ物に触るように接していた。それが、余計に凱斗を追い詰めていたのではないか、と今更のように清芽は思った。

「とにかく、勢いだけで巻き込んじゃダメだと思うんだ。前回は、月夜野《つきよの》さん自身が呪具として働いてくれたけど今回はそれもない。櫛笥さんは、巫女の子どもを見落としていたのが失敗の要因じゃないか、とも言っていた。呪詛返しの時、浄化する場所は二つじゃなかったんじゃないかって。そういうのを全部見直して、一から検討してみなくちゃ……」

「巫女の……？　それ、M大の佐原《さはら》教授の説だろう？」

「う、うん」

さらりと凱斗の口から関係者の名前が出たので、つい面食らってしまう。同時に、(本当に自分のことだけが抜けてしまったんだな)と清芽は改めて淋しくなった。

「櫛笥さん、後からM大に話を聞きに行ったらしいんだ」

「佐原教授は、『御影神社《みかげ》』の古神宝を研究している。大方、巫女が妊娠していたことを示す何かを見つけたんだろう。だが、そんなものよく残っていたな。俺が覚えている限りじゃ、あの怨霊は言霊に呼ばれてどこへでも現れていた。その怨念の強さから、文献にもろくに存在が残せなかったほどなのに」

「凱斗……」

「要するに、祟りにも抜け道はあるってことだ。霊との駆け引きは、騙《だま》し合いだからな」

「…………」

懐かしさが、じんと胸にこみ上げてくる。

こういったやり取りを、かつて自分たちは何度となく交わしてきた。その中で清芽は霊的な世界について学び、少しでも凱斗や明良の視るものに近づきたくて懸命にあがいていたことを思い出す。

「何だ、そんな顔して」

しみじみする清芽へ、居心地が悪そうに凱斗が文句をつけてきた。

「言っておくが、俺は協力しないからな」

「別にそんなんじゃ……」

「俺は、月夜野も巫女の怨霊もどうでもいい。降りかかる火の粉なら払いもするが、今更進んで面倒事に首を突っ込む気は毛頭ない。そもそも、他人のために命がけの呪法を二度も行うなんて馬鹿げている。違うか？」

「でも……」

「大体、月夜野は呪詛返しを成功させるために無関係の人間を巻き添えにしている。祟りから救ったところで、あいつの魂は穢れにまみれているんだ。そんな男を、おまえはどうして救おうとする？　おまえは、己が霊的な状況に於いて役立たずだということを自覚するべきだ」

「………」

辛辣《しんらつ》な言葉の棘《とげ》が、次々と心に突き刺さる。

だが、清芽はそれらを甘んじて受け止めた。言われるまでもなく、凱斗が消えた時から今日まで、何度となく自身と問答をくり返してきたことだからだ。

月夜野を救い、呪詛から解放する。

役立たずな自分が、〝加護〟だけを頼りにそう決意した理由。そこには、葉室《はむろ》家の直系として生まれながらに課せられた使命と、魂にかけられた巫女の呪詛を取り除く目的があった。

（ああ……そうか……）

冷静に記憶を浚っていく内に、清芽は目の覚めるような思いに襲われる。

（そう……だったんだ……）

ずっと混乱の中にあったせいか、ごく簡単な真実に気づいていなかった。

月夜野のためなんかではない。あれは、自分の戦いだった。その意味するところの本質を、
自分はずっと見落としていたのではないだろうか。

「確かに、俺は……凱斗が言うように何の力もない」

「清芽……？」

凛と芯《しん》の通った眼差しに、凱斗が戸惑いを露《あら》わにする。

だが、その瞳には好奇の瞬きがあった。彼は、清芽が何を言うつもりなのか興味を抱いている。初めて他人に関心を持ち、その言葉を待っているのだ。

「これは俺が……葉室清芽がやらなくちゃいけないことなんだ」

迷いのない口調で、清芽は断言した。

コピーではダメだった――先日、明良が言った言葉を鮮やかに思い出す。

本来、自分が立ち向かわねばならない局面で凱斗が代わりに〝加護〟を使った。だが、巫女の呪詛が清芽の魂にまで及んでいる以上、あれは本人でなくてはいけなかったのだ。

「そうだよ……俺、どうしてそこに考えが至らなかったんだろう」

「清芽……」

「明良が本当に言いたかったのは、オリジナルじゃないとかそういうことじゃなかったんだ。きっと、櫛笥さんや他の皆も気づいてた。でも、凱斗があんな行動に出たのが俺のためだってわかるから……誰も、あえて俺に言えなかったんだ……」

「…………」

目に見えて、凱斗が狼狽していた。

清芽の言わんとしていることに、彼もとっくに気づいていたのだろう。だから、余計に以前の自分と、みすみす愚行を見逃した清芽へ不信感が募ったのだ。呪詛返し本来の意味を無視したのは何故なのか、彼はよほど過去に戻って己を問い詰めたかったに違いない。

「呪詛返しは、呪詛を受けた者にしか撥ね返せない」

ごく当たり前の真理を、清芽は嚙み締めるように口にした。

「月夜野さんと俺、二人が揃っていたから巫女は現れた。それなのに、凱斗は土壇場で俺の身代わりになったんだ。つまり……失敗するとわかっていて、ああしたんだ」

「…………」

「俺、目の前のことでいっぱいいっぱいで……凱斗の真意に少しも触れてなかった……」

つい先刻まで、記憶を失くした恋人に自責の念を抱いていた。

負い目があったから、真っ直ぐに彼を見返すこともできなかった。それが相手を苛立たせるとわかっていても、「ごめん」とくり返すしか術《すべ》が見つからなかった。

「だけど、そうじゃなかったんだな。凱斗は、自分がやったことが理解できなくて、その矛盾に気づかない俺にも腹を立てていたんだ。そうだよな、当然だよ。きっと、何かしらのサインを送られていたはずなのに。俺は……それを見逃した……」

『呪詛返しがどんな結果になっても、おまえは決して自分を責めるな』

呪法を執り行う前日、凱斗は自分へそう言った。

あの時は力づけてくれたのだと思っていたが、すでに心を決めていたのだろう。

「でも、わからない。今まで、俺が〝加護〟を使わないように庇《かば》ってくれたんだと思っていたけど、本当はそうじゃなかったのか？　何か別の目的があったってことなのか？」

「……俺に訊くな」

「だって、凱斗だろ！　俺のことは忘れても、他は全部覚えてたじゃないか！」

「…………」

必死の面持ちで迫る清芽に、凱斗も気圧《けお》されたように沈黙する。

「教えろよ！　何で、あんな無茶な真似したんだよ！」

「清芽……」

「死ぬかもしれなかったのに！　二度と帰って来られなかったかもしれないのに！　なのに、どうして……一体、何が目的だったんだよ……ッ……」

堪えてきたものがいっきに溢れ、自分でも止められなかった。

はたして何が真実で何がまやかしなのか、清芽にはもう判断さえできない。

「凱斗……俺のこと、本当は……」

救いたかったのか、それとも苦しめたかったのか。

彼の犯した過ちに真意が隠されているなら、きっとそのどちらかだ。

「俺のこと……ちゃんと好きだった……？」

訊きたくて、訊けなくて、ずっと堪えていた想いが唇から零れ落ちる。

好きだ、と自分は彼に告げた。

過去の凱斗も今の凱斗も、等しく愛しい相手に違いないんだと。

「でも……それは、俺の独り善《よ》がりだったのか？」

瞳に熱い雫《しずく》が溜まり、意識する前に頬《ほお》を滑り落ちていった。

「凱斗……」

「…………」

「凱斗！」

凱斗は答えない。いや、答えられないのだ。

もどかしさに喘《あえ》ぐように、その表情は苦しげに歪められている。

「なぁ、何とか言ってくれよ。そうじゃないと、俺は……」

縋《すが》るように、清芽は尚も言い募った。この先の自分を、支えるものが欲しかったのだ。

たとえ愛し合った記憶を失くしても、積み重ねてきた思い出は変わらない。せめて、それを頼りに前を向いていきたかった。それなのに、過去の凱斗が何を考えていたのかわからない。信じていたものが、ひどくあやふやに思えてくる。

「俺は……っ」

「はい、そこまで」

取り乱しかけた清芽を、冷静な声音が引き戻した。ハッとして振り向くと、いつの間に来ていたのか出入り口に明良が立っている。彼は困ったように眉根を寄せ、「あんまり無理を言っちゃダメだよ、兄さん」と微笑んだ。

「全部忘れちゃった凱斗に、答えられるはずがないだろ？」

「明良……何で……」

「そんな顔されるなんて心外だなぁ。俺だって、凱斗を見舞いに来る時もあるよ」

呆然と問いかける清芽へ、明良は悪びれずに嘘をつく。一度だって来たがる素振りさえ見せなかったじゃないか、と思ったが、それより泣き顔を見られたことが恥ずかしかった。

「……いつから、そこにいたんだよ」

清芽は手の甲で頬を拭《ぬぐ》い、慌てて表情を取り繕う。

「人が悪いぞ。黙って盗み聞きしているなんて」

「いや、何か揉めてる風だったからさ。でも、ここは病院なんだから気をつけなくちゃ。大声で痴話喧嘩《ちわげんか》とか、あんまり体裁がいいものじゃ……」

「明良？　どうした？」

不意に険しい顔になった明良に、もしやと視線の先を追った。案の定、また北側の壁だ。しかし、彼は凱斗と違って特にこだわった様子もなく、すぐにこちらへ向き直った。

「じゃ、不毛な会話はこのくらいにして帰ろうか？」

「え……でも、まだ俺は凱斗と……」

「これ以上、あいつに何を訊きたいんだよ。どうせ、何も答えられないのに」

「そんな……」

確かにそうかもしれないが、無関係の明良に口出しされたくはない。だが、清芽が反論するよりも先に凱斗が「そうしてくれ」と言い出した。重く疲労の滲《にじ》んだ声は、一人になりたいと訴えている。お蔭で、嫌だとは言い難くなってしまった。

「悪いが、俺は清芽の質問には答えられない。おまえを好きかと訊かれても、どうして身代わりになったのかと詰め寄られても、わからないとしか言いようがない」

「凱斗……」

「おまえより、よっぽど俺の方が答えを知りたいんだ。もう放っておいてくれ」

取りつく島もなく突き放され、清芽は為す術もなく立ち尽くす。

（好きかと訊かれてもわからない、か……）

それはそうだろう。何一つ、覚えていないのだから。

清芽は溜め息を飲み込み、何度打ちのめされたら気が済むのか、と自嘲《じちょう》した。諦めきれずに過去を追いかけても、答えなどどこにも残されてはいないのに。

（だけど、どうして凱斗は……）

ふと先ほどの疑惑が胸を過ぎり、清芽は別の意味でも胸を痛める。もしかしたら、呪詛返しが失敗した裏には何らかの作為があったのかもしれない。しかも、そこには凱斗の思惑が関与している可能性もある――考えただけでゾッとする話だ。

「ある意味、語るに落ちる状態だよね」

重苦しい空気の中、一人軽やかな明良が呆《あき》れた様子で腕を組んだ。

「身代わりになった理由が思い出せないってことは、動機に兄さんが深く関わっているってことだろ？　間違いなく、あんたは兄さんのためにアレをやったんだ。ひどく独善的で、関わる人間全てを傷つけるやり方で。ああ、俺もあんたの答えには興味があるな。思い出せないなんて本当に残念だよ」

「明良、いい加減に……」

「そうだな。俺も、自分に訊いてみたい。〝おまえは何が目的だったのか〟ってな」

挑発的な物言いに、凱斗も皮肉めいた返事をする。束の間、彼らの交わす視線が緊張に張り詰めた。二人がこうなると、清芽はお手上げだ。

「……兄さん」

凱斗に視線を留めたまま、愉快そうに明良が口を開いた。

「悪いけど、やっぱり先に帰ってくれるかな。俺、もうちょっと凱斗と話していくよ」

「え?」

「実は、今日来たのは凱斗の様子を見るためだったんだ。いい加減、この先の身の振り方を考えている頃だと思ってさ。だけど、俺が考えていたより状況は変わっているみたいだ」

「明良……」

「良い変化とは限らないぞ」

「凱斗まで……」

一体何の話だ、と清芽は首を傾《かし》げるが、凱斗には通じるものがあるらしい。常より「この二人には似ているところがある」と思っていたが、それは記憶の有無には関係ないようだ。

「凱斗、あんたの記憶が欠けているのを初めて残念に思ったよ」

意味ありげな笑みを浮かべ、明良は煽るような口を利いた。

「もし全部を覚えていたら、身代わりになった件について面白い話が聞けたかもしれない。あんたは、兄さんを守るために行動した。だけど、その結果が呪詛返しの失敗を招く要因の一つだとわかっていたのだとしたら、〝あえて〟の理由を知りたいな」

「〝あえて〟の理由……」

「そうだよ。失敗がどんなデメリットを生むか、知らなかったわけじゃないだろ？　でも、あんたにはそうしなきゃいけない理由があったはずだ。さっき、兄さんが訊いてた通りだよ」

「…………」

凱斗の瞳が細められ、剣呑《けんのん》な光が含まれる。明良の無遠慮な言葉が核心を衝き、彼の内面を大きく揺り動かしているのが見て取れた。

清芽は我知らず息を詰め、会話の着地点がどこなのか見届けたい、と強く思う。明良がこうして踏み込んでくるからには、何か目的があるからに違いないのだ。

――だが。

「じゃあ、兄さん。また家でね」

「え……」

にっこりと振り返り、問答無用で帰れと促される。

そんな、と凱斗の顔色を窺ってみたが、彼の眼中にはそれこそ自分が入っていなかった。

「……わかった」

仕方がない。ここで粘ったところで、今以上に得るものはなさそうだ。

非常に心残りではあったが、渋々と清芽は帰宅を承知した。もしかしたら、二人きりの方が遠慮なく話せることもあるのかもしれない。明良と凱斗は決して仲が良いわけではないが、真木《まなき》を師とする関係上、付き合い自体は自分なごよりずっと長かった。

「じゃあ、先に帰るよ。凱斗、明日は退院だよね。俺、迎えに来るから」

「来なくて……」

いい、と言いかけた凱斗は、どういうわけか気まずげに語尾を濁す。どうやら、明良の視線を意識しているようだ。彼は怒ったように横を向くと、「早く帰れ」と無愛想に呟いた。


「本当に、二人にして大丈夫かな」

廊下に出た清芽は、深々と溜め息をつく。

明良も入院患者相手に喧嘩をふっかけたりはしないだろうが、それにしても異様な緊張感が漂っていた。終始笑みを絶やさなかったのが、余計に不穏でたまらない。

「俺も、人の心配している場合じゃないんだけどさ……」

返事を長引かせてしまったが、早く櫛笥に連絡しなくては、と思う。凱斗にまで事情を話しているとなると、彼らも相当焦っているはずだ。呪詛返しをやり直すにしても凱斗へ協力を頼む気はなかったが、恐らく櫛笥たちは彼を頭数に入れているのだろう。

「その辺から、話し合わなきゃならないしなぁ」

本人から、きっぱりと「俺はやらない」と言われているのだ。これ以上の理由はないだろう。

けれど、櫛笥はともかく煉や尊が納得してくれるかは甚《はなは》だ心許なかった。凱斗が清芽を忘れてしまったことで、彼らの受けたショックは計り知れない。そこに追い打ちをかける結果にならなければいいが、と思った。

『俺のこと……ちゃんと好きだった……？』

清芽の耳に、想いを振り絞った一言が蘇る。

愛されたからこそ、彼の中から居場所を喪失した。

そんな皮肉な運命を、もう一度引っ繰り返すことができるのだろうか。

「できるさ……きっと」

自身へ誓いをたてるように、迷いを振り切って断言した。

今度は、俺が凱斗を見つめていく。彼が、幼い自分にそうしてくれたように。

祈りを胸に刻みつけ、清芽は必死の思いで絶望に背を向けた。

清芽が病室を出て行くのを待って、明良が北側の壁を指差してきた。

「いつまで放置しとくんだよ。居心地悪くない？」

「別に構わない。せいぜい、霊感の強い患者が来たら脅かす程度だ」

「ま、それもそうか。退院しちゃえば、自分とは関係ないもんな？」

面倒だったので適当に流そうとしたが、何故だか明良はしつこく絡んでくる。凱斗はウンザリしながらベッドから降りると、ハンガーにかかった上着を羽織って彼へ向き直った。

「悪いか？　除霊など、誰からも依頼されてない。すなわち、俺の仕事じゃない」

「へぇ……」

「気になるなら、おまえがやれ。俺はどうでもいい」

白けたような顔をされ、何だか無性に苛々する。無言で責められている気になって、凱斗は殊更つっけんどんな口調で言った。

「何なんだ。おまえ、そんなにお節介な奴じゃなかっただろうが」

明良の指し示す場所には、女の霊が張り付いている。

わかっていて見過ごすのか、と言いたいらしいが、凱斗からすれば余計な労力だった。近づく相手を見境なく祟り殺すとでもいうなら別だが、今のところはそこまでじゃない。

しかし、明良は引っかかるようだ。

意味ありげな目つきを向けられ、真意が摑《つか》めない凱斗はムッとした。大体、彼が兄を帰らせて自分だけ残ったのは女の霊とは別の理由のはずだ。

「まぁ、確かにあんたは正しいよ。闇雲に祓ったところで意味はない」

焦《じ》らして楽しんでいるのか、明良はひょいと肩をすくめた。まるきり、世間話でもしているかのような口ぶりだ。だが、軽い口調に反してその眼差しは暗かった。優等生然として周囲の人望も篤い好青年だが、彼には望まずして選ばれた者の闇がある。十歳近く年下にも拘《かかわ》らず、相対すると一瞬も気が抜けなくなるのはそのためだった。

「それに、明日退院なら問題ないかな。もう兄さんもここへ来なくなるし」

「え?」

「彼女、怒ってるよ。兄さんが来ると息苦しいって。多分、〝加護〟の影響だ。ずいぶんと恨み言を溜めている。あんたに言っても、どうにもしてくれないってさ」

「………」

今、女の霊は姿を現していない。だが、明良には「聴こえて」いるらしい。それは、凱斗が不得手とする能力だ。彼の発言に微かな悪意を感じ、凱斗は不快な思いに捕らわれた。

互いの霊能力について、優劣を競うような愚かな真似はしないし興味もない。だが、あからさまに態度に出されれば面白くはないのが道理だ。

「ところで、どこ行くんだよ。寝てなくていいの?」

「おまえこそ、話があるならさっさとしろ。目障りだ」

「目障り? 俺が? ははっ、面白いこと言うな」

病室を出た凱斗の後ろを、明良が飄々《ひょうひょう》とついてきた。辛辣な言葉にも怒る様子はなく、むしろ楽しんでいるようだ。尋ねるまでもなく、彼は残った理由を勝手に語り出した。

「ちょっとさ、あんたの覚悟ってものを確認したくなったんだよ」

「俺の覚悟？　何の話だ？」

「兄さんから話を聞いてる限りじゃ、退院したらさっさと東京《とうきょう》へ戻る気だったんだろ？　だけど、どうやら迷いが生じてるみたいだ」

何となく、明良の言わんとすることがわかってきた気がする。

それが、あまり愉快な内容ではないだろうことも。

「忘れた相手とのアレコレなんか、無理して思い出す必要なんかないはずだ。それなのに、あんた言ったよな？　〝何が目的だったのか、自分に訊いてみたい〟ってさ。惚《ほ》れた一心だと、単純に結論づけるのに抵抗があるのか？　それとも、他の可能性を考えてるのかな？」

「知るか。惚れた一心とか言うな、気色悪い」

「気色悪い？　え、そんな風に言っちゃうんだ」

はぁ？　とまともに驚かれた後、くっくと明良は笑い出した。

その声はひどく意地が悪く、それでいて少し悲しげだ。凱斗はムッとし、何か言い返そうとしたが生憎《あいにく》と上手い文句を思いつけなかった。

「俺は今のあんたの方が面白いな、二荒《ふたら》凱斗」

「何を……」

「さっきだってそうだ。〝依頼されなきゃやらない〟なんて、以前のあんたは言ったかな」

「……………」

「でも、それが正解だ。俺たちは慈善事業家じゃない。俺は、したり顔で自分を抑えていた頃より、真顔で毒を吐くあんたの方がいいと思うよ。やっと本音も聞けたことだしね。そう、俺が目障りだってあんたは言ったんだ。嬉《うれ》しいよ」

何の話だ、と凱斗は困惑する。毒づかれて満足するなんて、まったく意味不明だ。確かに「目障りだ」と口走りはしたが、別に昔から感じていたわけではない。明良は癖の強い人物だが、そこまで意識する関係ではなかったからだ。

「それとも……目障りだと思うような、そういう付き合いをしていたのか？」

「さぁ、どうかな。覚えてないなら、聞いても無意味だよ」

覚えてないなら――その一言で、何となく察しがついた。多分、清芽絡みで明良に邪魔でもされていたんだろう。それを、以前の自分は相手にせず流していたのかもしれない。先刻の態度を見ていても、彼が相当なブラコンなのは間違いないようだ。

エレベーターに乗り込むと、すでに行き先を察しているのか明良が先にボタンを押した。上の階の入院病棟は、月夜野の病室があるところだ。ちら、と視線を送ると、彼はニヤリと唇の片端だけ上げて意味深に笑った。

「よく行くのかよ」

「いや、清芽が一度話しているのを聞いただけだ」

短い会話の間に到着し、そのまま真っ直ぐ最奥の部屋を目指す。賑《にぎ》やかな下の階とは打って代わり、まるでフロア全体が海の底のように不気味な静寂に満ちていた。

「そういや、自発呼吸はしているんだよな。じゃあ、本当に目を覚まさないだけなのか」

見舞いに来たのは、明良も今日が初めてらしい。ベッドの月夜野を見るなり、彼は感心したように嘆息した。その眼差しは、実験動物でも見るかのように好奇で瞬いている。

「このまま、月夜野は死ぬのかな」

「多分な。巫女が力を取り戻せば、肉体も滅ぼしに来るだろう。すでに、呪具としての能力は使い果たしてしまったようだし。だが、まがりなりにもダメージを与えられたから、かろうじて生命を繋いでいられるんだ。こんな状態では、良かったか悪かったのか微妙だが」

「ふぅん。さすがに、代替わりの呪法は効果があったようだな」

自分も呪詛返しに加わっていたくせに、彼の言葉はあくまで他人事のようだ。しかし、それは凱斗も同じことだった。現に、こうして眠り続ける月夜野を見ていても、ほとんど感情は乱されない。こんな薄情な自分が、よく身の危険を顧みずに協力したものだと思う。

「無理ないよ。兄さんが〝呪詛返しをやる〟って言い張ったんだから。あの人が決めたなら、俺もあんたも動かざるをえないだろ」

「俺が？　あいつのために？」

「いちいち驚くなよ、ムカつくから」

「…………」

それだけ、愛していたということだろうか。

複雑な気持ちで、凱斗は考え込んだ。

与えられた情報として、自分が今ここにいる原因が清芽への愛情故なのは知っている。けれど、いくら頭で考えても実感は湧いてこなかった。それが、眠り続ける月夜野という現実を目の当たりにして、ようやく感情にさざ波が生まれつつある。誰も信じず、愛さずに生きてきたはずなのに、真実の自分は他人のために己を犠牲にしようとしたのだ。

その結果、恋人の記憶を失い、一人の人間を生ける屍《しかばね》としてしまった。

忘れているからといって、自らが招いた災いに背を向けていいものだろうか。

「ところで、凱斗」

物思いを破って、明良が不意に声の温度を下げた。

「どうして、月夜野の病室に来た？　まさか、見舞いってわけじゃないんだろ？」

「……呪詛返しを」

「え？」

「櫛笥から連絡が来た。呪詛返しを、もう一度やる話が出ているらしい」

「…………」

耳障りなことを聞いた、という顔をされ、そうだろうな、と苦笑いが浮かぶ。

明良にこんな顔をさせられただけでも、わざわざここへ足を運んだ甲斐《かい》があった。

「くそ、やっぱりそうなるか。じゃあ、兄さんとの話はそれだったんだな」

「尊と煉も同意見だそうだ。清芽は返事を渋っていたが、恐らくもう決めているようだ」

「大方、また他人を巻き込んでいいのか躊躇《ちゅうちょ》しているんだろうさ。兄さんは、自分に霊感がないことが最大のコンプレックスだから。でも、結局は皆でやらざるを得ない。悩むだけ時間の無駄なのに、いつも迷っているんだ。まぁ、そこが兄さんらしいけど」

それで？　と鋭い目線が向けられる。

あんたはどうするつもりなんだよ、と。

「俺は……」

「あー、やっぱりいいや。それこそ訊くだけ無駄だった。依頼されたわけじゃないって、地縛霊を放置する男が、恩も義理もない相手の呪詛返しに進んで協力するはずがないや」

「…………」

「いいんじゃない、それで。凱斗、あんたは生まれ変わったんだ。迷う必要なんかないよ。面倒なしがらみを捨てて、元の生活に戻ればいい。呪詛返しのやり直しなんて、更にハードルが上がってる。目的もなしに手を出せる呪法じゃないことくらい、よく承知しているだろ？」

明良の口ぶりを聞いていると、彼の方はもう心を決めている気がする。そのことが、凱斗には少し意外だった。前回の呪詛返しの際にも、明良はあまり乗り気ではなかったからだ。

「おまえは、今度こそ手を引くと思っていたよ」

凱斗は、正直な感想を口にした。

「もし清芽のためと言うなら、それこそあいつを監禁してでも止める方に回るだろうと」

「監禁？　兄さんを？　そんなこと、できるならとっくにそうしている」

「おい」

物の喩《たと》えで口にした言葉に、明良は真顔で返答する。

驚く凱斗を見て笑みを漏らし、彼はやれやれと溜め息をついた。

「……なんてね。冗談だよ。そもそも、そんな幼稚な真似をして得たものに俺は何の価値も見出せない。凱斗、俺はね、兄さんの身体が欲しいわけじゃないんだ。俺が欲しいのは魂なんだよ。力ずくで形を変えられるものじゃない、誰にも手が出せない〝本質〟が欲しいんだ」

「おまえ……」

「だから、苦労しているんじゃないか。あんたのような邪魔も入るし」

「…………」

軽い愚痴《ぐち》でも聞かせるように、明良は軽やかに話し続ける。その内容がどれほど常軌を逸したものであるか、まるきり頓着《とんちゃく》はしていないようだ。それだけ、清芽への想いに腹を括《くく》っているのだと思った途端、凱斗の胸にじりっと焼けつくような痛みが走った。

（……何だ……？）

思いもよらない反応に、凱斗は激しく狼狽する。

神隠しから帰還して以降、こんな風に感情をかき乱されるのは初めてだった。

「で？　何でここに来たの？　明日の退院を前に、お別れの挨拶《あいさつ》？」

そろそろ飽きてきたのか、明良が欠伸《あくび》を噛み殺す。

凱斗は強く首を振ると、改めて眠る月夜野へ視線を落とした。

「そうじゃない。俺は……俺も、確かめたいことがあったんだ」

「確かめる？　呪詛返しはやらないんだろ？」

「ああ、さっきまではそのつもりだった。でも……」

俺のこと……ちゃんと好きだった……？

震える声音で尋ねてきた、清芽の表情が脳裏に浮かぶ。零すまいと耐えるそばから、大粒の涙が幾つも転がり落ちていった。どれほど凱斗が冷たくしようと絶対に泣き顔を見せなかった彼が、初めて綻《ほころ》びを取り繕えなくなった瞬間だった。

あの時、凱斗は苦しかった。

頷いてやれたらどんなにいいだろう、と心の底から思ったのだ。

「俺は……清芽を守りたかったんだろう。それだけは、疑いようがない。自分の命と引き換えにしても、あいつを生かしたいと思っていたんだ」

とうとう、凱斗は自分自身にそれを認めた。

愛した人の記憶を容易《たやす》く手放した己の罪と、真っ向から向き合う決心が固まった。

「……何か思い出した？」

俄《にわ》かに表情を曇らせ、明良が険の含んだ声を出す。

いや、と静かに否定し、凱斗は再び口を開いた。

「単なる事実として、受け入れただけだ。だが、清芽を忘れる前の俺が何を考えていたのか、さっぱりわからないのは同じだ。そもそも、どうして俺は清芽に惚れたんだろう。〝加護〟がどれほどのものか知らないが、あいつは普通の男だ。悪霊や霊障と隣り合わせに生きている俺とは、最初から住む世界が違う」

「〝加護〟がどれほどのものか知らない……ね」

しばし沈黙した後、長い溜め息が聞こえてくる。

「凱斗の口から、そんなセリフを聞く日がくるとは夢にも思わなかったよ。笑えるな」

そう言って、明良がくすりと笑み――次の瞬間、憎悪と呼んでも差し支えのない激しさが、視線の刃となって凱斗へ向けられた。

「どうして、兄さんに惚れたかだって？　俺が教えたところで、今のあんたじゃ何も変わらないだろ？　だから、言ってやらないよ。ただ、これだけは覚えておくんだね。俺は、兄さんのためなら何だってする。そのせいで、他の誰を傷つけようが構わない」

「明良……」

「俺を甘く見るなよ、二荒凱斗。これ以上、兄さんを悲しませるようなら容赦しない。巫女の怨霊の前に、俺がおまえを呪殺してやる」

冗談や戯れではなく、彼が本気なのが伝わってくる。

同時に、以前も同じセリフを言われた気がして凱斗は戸惑った。なまじ力があるだけに、明良の「呪殺」という単語には生々しさがある。それだけに、軽率に口にするとは思えない。

『あの時は、思わず呪殺してやろうかと思ったよ』

まったく声のトーンは別だったが、ふと蘇る場面があった。

拗《す》ねた響きを含んだ、冷やかすような明るい声。

あの場には、自分と明良の他にもう一人いた気がする。その人物が、明良を「こら」と窘《たしな》めていた。おまえが言うと、冗談にならないだろ。そう言ったのは——あれは……。

「そろそろ行こう。ここは辛気《しんき》臭くて霊安室みたいだ」

明良が呟き、扉へ手をかけた。

思考を中断された凱斗は、我に返って深く息をつく。脳裏に浮かんだ影は輪郭を取る前に霧散し、どんなに手繰り寄せようとしても、もう戻ってはこなかった。

「それで？　結局、どうするんだよ」

廊下に出た明良は、振り向かずに訊いてくる。

何が、と問い返すまでもなかった。

「――呪詛返しをやり直す」

他の誰でもない、自分のために出した結論だ。

清芽という存在を、もう一度自分の中に取り戻す。それには、巫女の呪詛を打ち砕く必要があった。ならば、踏み出すしか道はなさそうだ。

「俺は、やっぱりあんたが嫌いだよ」

ウンザリしたように毒を吐く背中へ、凱斗は不敵に笑んでみせた。

4

退院した凱斗《かいと》は、東京《とうきょう》に戻らず清芽《せいが》の自宅へ留まることになった。呪詛《じゅそ》返しのやり直しに、彼が協力すると言い出したからだ。初めは面食らい、すぐには受け入れられなかった清芽だったが、凱斗が「自分自身のためだ」と言い張ったので強く反対はできなかった。

「凱斗が寝泊まりしていた部屋、そのままにしてあるからさ。土蔵に置きっ放しだった荷物も移しておいた。あと、何か足りないものがあったら言ってくれれば……」

「大丈夫だ。すまない、面倒かけるな」

「え？　う、ううん、別に大した手間じゃないよ」

何となく、病院にいた頃より態度が軟化している気がする。素直に礼を言われた清芽は内心驚いたが、そんな自分につい苦笑してしまった。さんざん素っ気なくされたせいで、冷たい態度に耐性がついてしまったらしい。

凱斗が使っていたのは母屋の客間だ。真木《まなき》たちに挨拶《あいさつ》を済ませた彼は、清芽の案内で座敷へ向かうと、障子を開ける手を止めて感慨深げに呟《つぶや》いた。

「まだ日が浅いのに、妙に懐かしいな。また、ここに戻って来られるとは思わなかった」

「それって……」

胸の詰まる思いで、清芽は背の高い後ろ姿を見つめる。

何げなく漏《も》らした言葉に、凱斗の呪詛返しに対する覚悟が窺《うかが》い知れた。やはり、彼は己が身を犠牲にする心づもりだったのだろう。自分だけが持つ独特の能力――他人や己の霊能力を、コピーして貸し借りできる――を使って。

「あの、凱斗。本当にいいのか？」

「くどいな。おまえこそ、大丈夫なのか。櫛笥《くしげ》への返事も迷っていたようだが」

「櫛笥さんには、昨夜返事したよ。電話で話したら、彼らにも呪詛返しをやらなきゃいけない理由があるんだってわかったし。凱斗、俺はまた勘違いしていたみたいだ」

「勘違い？」

「うん。巫女《みこ》の怨霊《おんりょう》は、もう俺や月夜野《つきよの》さんだけの問題じゃなくなっていた。関わった人全てに災厄を振り撒《ま》こうとしているんだ。だから、今度こそ完全調伏《ちょうぶく》する」

清芽は力強く頷《うなず》き、振り返った凱斗と真っ直ぐに目を合わせた。

「俺、本当はたくさん後悔したんだ。何の力もないくせに、呪詛返しなんて大がかりなものに手を出したこと。俺は偽善者だ。凱斗を失うとわかっていたら、皆を巫女の災いに巻き込むと知っていたら、やろうなんて絶対言えなかった。俺は……浅慮で愚かだった」

「おい……」

「呪詛返しなんて、二度とやりたくない」

きっぱりと言い切ったせいか、凱斗が軽い驚きを見せる。

けれど、これは紛うことなき清芽の本音だった。

「でも、やると決めたからには必ず成功させる。運頼みで〝加護〟を使うんじゃなく、自分の意志で何とかできないか根本から考え直してみる。父さんにも、そのために協力をお願いしたよ。付け焼き刃の修行じゃ物の役には立たないだろうけど、心構えだけでも原点から勉強しようと思う。もちろん時間は限られているから、他にもできることは何だってやっていく」

「具体的には、どうするんだ？」

懐疑的な目で問い返され、彼の左手をジッと見つめる。

人の目にはまっさらに見えるが、青く血管の浮いた甲に呪《じゅ》で隠された刻印があることを清芽は知っていた。凱斗の他に類を見ない特殊な霊能力は、半分をそこに封じ込めてある。

「まずは、凱斗に頼みがあるんだ」

もう、おかしな遠慮をしている場合ではなかった。

かつてそうだったように、清芽は彼の持つ能力を貸して欲しい、と言った。

「霊の存在を感知できないのは、この先の行動で何かと不便だろ。皆が警戒している中、俺だけが呑気《のんき》にしているのも居心地が悪いし、周りも気を遣うからさ」

「……本気か」

清芽の意図を察した凱斗は、数秒小難しい顔で黙り込んだ。しかし、協力すると宣言してしまった後だけに、無下にも断れないようだ。実際、視《み》えるのと視えないのでは仲間としての価値が天地ほどに違う。いわば、足手まといの素人に自衛手段を与える感じだ。

「いや、待てよ。放っておいても、おまえに悪霊は近づけないんだろう？」

「大事なのは、俺がちゃんと霊を意識して皆と行動を共にできるか、ってことだから」

「………」

躊躇《ちゅうちょ》なく答えられるのは、それだけ覚悟を決めているからだ。

普通に生きてきた清芽にとって、霊を視たり感じたりすることはそれだけで怖い。けれど、だからといって誰かの背中に隠れているのでは今までと全く同じだ。

「あ、あと、櫛笥さんとも相談したんだけど」

「まだ、何かあるのか」

やたら積極的な清芽に、早くも凱斗は引き気味のようだ。

「まぁいい。言ってみろ」

「明日にでも、M大の佐原《さはら》教授を訪ねてみようと思うんだ。巫女には殺された赤子がいるはずだから、その後どうなったか調べる。もし埋葬場所が見つかったら、次の呪詛返しではそこを拠点にする。見つからなくても、何かしらの痕跡《こんせき》があれば呪法には役立てるし……」

「なら、佐原教授には俺が会いに行く」

「え……」

思いがけない申し出に、一瞬キョトンとしてしまった。自分のためにやる、という言葉を額面通りに受け取っていた清芽は、まさか凱斗が進んで何かしてくれるとは思わなかったのだ。

「佐原教授には面識がある。俺が行く方が話が早いだろう」

あまりに惚《ほう》けていたせいか、早速不機嫌な目つきで睨《にら》まれた。

「何だ、その顔は。俺がおまえに力を貸すと言うのは、そんなに変か」

「あ、だって……凱斗は……その、俺のこと……」

「え……？」

「あんまり、好意的に思ってないのかな、と思ってたから……」

慌てて清芽は言い訳したが、それも無理はない話だ。

実際、「好意的ではない」はかなりマイルドな表現だと思う。恋人同士だった、と知ってからの凱斗は、それはもう取りつく島がなかったのだ。善意に解釈すれば、妙な期待をこちらに抱かせまいという気配りだったのだろうが、それにしても突然の変貌《へんぼう》には驚くばかりだ。

「別に、嫌ってるわけじゃない」

眉間《みけん》に皺《しわ》を寄せ、怒ったように凱斗が言った。

「好きじゃない、とは確かに言ったが、それは『恋愛』という意味でだ。好き嫌いを語れるほど、俺はおまえのことを知らないし。とにかく、いちいち驚くな。やり難い」

「ご……ごめ……」

言葉の途中で、ふわっと腕が伸ばされる。

あ、と思う間もなく凱斗の左手がうなじを摑《つか》み、ぐいっと強く抱き寄せてきた。

「わ、わわっ……あ痛ッ！」

バチッと火花の爆《は》ぜるような熱が、触れられた場所を刺激する。

この鮮やかな痛みに、清芽は覚えがあった。能力を移された際に、臨時の刻印が刻まれる痛みだ。うなじなのですぐには確かめられないが、借りている最中は凱斗と同じ赤い痣《あざ》が焼き付いているはずだ。

「え……と……」

ふと気づけば、清芽は逞《たくま》しい胸に顔を埋めていた。勢い余って、しがみついてしまったのだ。うなじを押さえる凱斗の手のひらが、鼓動に合わせて温度を上げている気がした。

「あ……あの……」

意識した途端かあっと頰《ほお》が熱くなり、早く離れなくてはと狼狽《ろうばい》する。

赤く染まった顔を見たら、きっと凱斗は気分を害するに違いない。変な下心があったわけじゃないと、訊《き》かれもしない弁解をしてしまいそうだ。せっかく少しだけ警戒心を解いてくれたのに、ここで台無しにするわけにはいかない。

（ダ…ダメだ、ダメだっ。しっかりしろ、何ポーッとなってんだよっ）

勘違いするな――清芽は必死に自分へ言い聞かせた。

どんなに恋しい体温でも、今しがみついている相手は恋人じゃない。もう耳元で甘い言葉を囁《ささや》いてはくれないし、うなじから背中に手を滑らせて抱き締めてくれることもない。

「あ……りがと……」

どうか不自然に声が震えませんようにと、それだけを願って清芽は顔を上げた。けれど、相手の目を見返す勇気はなくて、一歩後ずさるとすぐに目を逸《そ》らしてしまう。

凱斗はどうしているだろう。

迷惑そうだろうか、眉間に皺が寄っていたりしないだろうか。

男なんか抱き寄せて何をやっているんだと、溜《た》め息《いき》をついていたらどうしよう。もしそんな表情をちらりとでも目にしてしまったら、心臓が潰《つぶ》れそうな気持ちになるに違いない。

――と。

「いいから普通にしていろ」

「え？」

あれこれ考えを回していたら、意外な言葉が耳に飛び込んできた。

つっけんどんな物言いではあったが、今までのように棘《とげ》や険を含んではいない。清芽は驚いて視線を正面へ戻したが、今度は凱斗の方が気まずげに横を向いてしまった。

「別に構わないから、おかしな気を回したりするな。そうしたら、俺も……」

「凱斗……」

「普通にするから」

ぶっきらぼうに言い放ち、さっさと障子を開けて座敷へ入っていく。

廊下に残された清芽は、しばし唖然《あぜん》と佇《たたず》んでいた。だが、遅れて言葉の意味を理解するや否や、じんわりと温かなものが胸にこみ上げてくる。

「……うん」

小さく呟いた時、口許が柔らかく綻《ほころ》んでいた。

から元気でなく笑えたのは、本当に久しぶりのことだった。

『御影《みかげ》神社』は歴史こそ古いが規模は小さく、その敷地もさほど広いわけではない。だが、改築を重ねた拝殿の奥には氏子の立ち入れない本殿を擁《よう》し、樹齢数百年の御神木や神宝などを収めた土蔵など、格式的には十二分の品格を備えていた。

「じゃあ、明日にはこっちへ来るのか？　西四辻《にしよつつじ》の二人はどうする？　義務教育だろ？」

神域にはやや不似合いな、苛立《いらだ》った若い男の声がする。

御神木のそばで足を止めた明良《あきら》が、携帯電話を耳に矢継ぎ早の質問を飛ばしていた。会話の相手は櫛笥で、やっと清芽から了承の返事をもらったと連絡を寄越してきたのだ。

『煉《れん》くんも尊《たける》くんも、僕と一緒に行く予定だよ。言ってみれば非常事態だしね』

「ま、それもそうだな。呑気に出席率を気にしている場合じゃないか」

そういう明良自身、大学の講義を休んでいるのを思い出す。

「櫛笥、おまえは仕事大丈夫なのかよ。一応、売れっ子なんじゃないのか？」

……□△ォ……××△……。

『あれ、明良くんが珍しく僕に優しいな。うん、そこそこ頑張ってはいるけどね。一時期より芸能界の仕事はセーブしてあるから、問題ないよ。どっちにせよ、このまま巫女の怨霊を放置していたら霊感タレントなんかやってる場合じゃなくなるだろうし』

×△△×……ギ……ヒィ……××□ェエエエ。

『明良くん？　聞いてる？』

不意に明良が黙ってしまったので、櫛笥の声が俄《にわ》かに緊張を帯びてきた。反応の速さは何かを感じたというよりも、それだけ危機感を募らせている証拠だろう。

（いや、さすがにもうわかっているか……）
△××ォ□×□××ニ、ヒヒ……○×○○がァ……。
耳障りな音の波動に眉《まゆ》を顰《しか》め、明良は無意識に御神木へ空いている手を伸ばした。

固い樹皮に触れ、ほう、と息を吐いてから彼は再び口を開く。

「わざわざ言葉にしたくはないが……櫛笥、雑音に気がついているよな？」

『あ……うん、まぁ……』

「これが初めてじゃないんだな？　いつからだ？」

『……一昨日、かな。君たちのマンションで、煉くんたちと呪詛返しをやり直そうって相談をしていたんだよ。その時に電話が……』

「電話？」

『かかって……きて……』

皆まで語らず、櫛笥が口ごもった。

『ダメだ、これ以上話せない。僕の手に……』

「…………」

『スマホを持つ僕の手を、誰かの手が摑んでいる』

緊迫した一言に、明良はすぐさま状況を把握する。櫛笥の傍《かたわ》らにじっとり張り付く、視えない異形《いぎょう》の存在を感じた。それは冷たい手でゆっくりと、櫛笥の手を撫《な》で擦《さす》っている。

だァ……△△……ヒヒッ……△×××……。

『ごめん、一度祓《はら》った方が良さそうだ。切るよ』

「いや……待て」

悪意の滲《にじ》んだボソボソ声は、何を言っているかまでは聞き取れなかった。だが、混線ではない証拠に、こちらが黙ると静かになる。様子を窺っているのか、注意して耳を澄ませば押し殺した息遣いまで聞こえてきそうだ。

「面倒だな」

心底ウンザリと、明良は毒づいた。

人声でないことは、とっくにわかっている。そもそも、何かをしゃべり続けてはいるが人語ではなかった。強いて挙げるなら、狂人が呪詛を無作為に吐き散らしている感じだ。

『近づいている……尊くんは、そう言っていたよ』

「そうだろうな。あちこち濃くなっているし」

『濃い？　……ああ、なるほど……』

その意味を、櫛笥はすぐに察したようだ。続けて漏らす重い溜め息が、雄弁にそれを物語っている。伊達《だて》に『協会』でキャリアは積んでないな、と明良は苦笑いをした。

凱斗が神隠しから戻ってから、日を追うごとに雑霊たちが騒がしくなっている。

病院で、電話ボックスで、バスの中で。

自分たちを取り巻く場所で、地縛霊たちの力が強まってきているのだ。

「ウザいことこの上ない。さほど力の無かったモノまで、まるで死にたてのように輪郭がはっきりしてきている。あれは、どういうことだろうな？　何を養分にしているんだろう」

『うわ、養分とかぞっとしないな。月夜野がやってた、外道の呪法を思い出すよ』

冗談じゃない、というように櫛笥が呟いた。そうしている間にも、不穏な発音を纏《まと》ったボソボソ声は会話の後ろで低く高く続いている。

ガェ××□×□グニ、△××……□△○○ゲ……ヒヒ……ヒヒヒ。

「櫛笥、ちょっとだけ我慢しろ。すぐ黙らせる」

『え……え？』

戸惑う櫛笥を無視し、明良は目を閉じて樹皮に意識を向けた。

短く息を吸い、全神経を研ぎ澄ませた途端、神気が手のひらを伝って流れ込んでくる。

「神火清明《しんかせいめい》、神水清明《しんすいせいめい》、神風清明《しんぷうせいめい》」

口の中で素早く唱え、続けてくり返し唱和した。

「神火清明神水清明神風清明、神火清明神水清明神風清明！」

間髪容れずに清浄な息を送話口に吹き込み、言霊《ことだま》の力を異形へぶつける――刹那《せつな》。

ギィイイィエエガァアアァエェエエエェ――！

鋭い断末魔のような叫びが聞こえ、それきりボソボソ声がぱったりと止んだ。

明良は数秒耳を澄ませ、深々と息を吐いて樹皮から手を離す。

「もういいぞ、しゃべっても」

『……今、どうやったの。こっちも見事に気配が消えたよ』

しばし声を失っていた櫛笥が、おそるおそる尋ねてきた。

『霊的な格が、全然違う気がしたんだけど。僕の知ってる呪術じゃないよね……？』

「ああ、うちの御神木から、少し力を拝借したんだ」

『御神木から？　いや、ちょっと待ってよ。そんな強烈なパワーを即興で降ろしたら、下手すりゃ寿命が縮まっちゃうよ？　そもそも、人の器にあっていい霊力じゃないんだからっ』

「何、狼狽《うろた》えてんだよ。兄さんの〝加護〟だって、同じようなものだろ。でも、兄さんは〝加護〟が発動したってケロリとしてるじゃないか。弟の俺にだって、できないわけない」

『そ……』

呆《あき》れたように息を飲み、やがて脱力した声が聞こえてきた。

『そんな理屈ってありかなぁ？　尊くんくらいの霊媒《れいばい》能力がなくちゃ……いや、尊くんでも御神木から力を借りるには時間がかかるでしょ。いやいやいや、さらりと言わないで』

「俺も、初めてやった。でも、そんなことどうでもいいだろ。話を戻すからな」

『どうでもいいって……』

乱暴な物言いに、さすがの櫛笥も二の句が継げないようだ。

しかし、脇道に逸れている場合でないことは、今の一件でも明らかだった。「近づいてきている」という言葉は、決して大袈裟《おおげさ》なものではないのだから。

『悪霊に力を与えているのが巫女の影響だとすると、時間がたてばたつほど厄介だね』

雑音の失せた電話で、落ち着きを取り戻した櫛笥が改めて話し出した。

『よし、決めた。明日は、煉くんや尊くんとは別行動を取るよ。彼らだけ先にそっちに行ってもらって、僕はM大に直接行って佐原教授と話してくる。夜に「御影神社」へ向かうから、その時に皆で話し合おう。今度こそ、確実に呪法を成功させなくちゃね』

「だったら、俺も一緒に行く」

『君が？　団体行動も、他人と足並み揃《そろ》えるのも嫌いな君が？』

即座に同行を名乗り出た明良に、懐疑的な反応が返ってくる。だが、それも当然だ。外面がいい分、同じ世界に生きる櫛笥たちへはまったく取り繕わないので、素の明良がどれほど勝手で気まぐれか櫛笥はさんざん知っている。

しかし、明良の理由は実にシンプルなものだった。

「こっちには煉と尊が来るんだろ？　あいつら、すぐ纏わりついてきて煩《うるさ》い」

『また、そんなつれないこと言っちゃって……』

やれやれと嘆息した後、櫛笥は意味ありげな含み笑いをした。

『愛とは見返りを求めないものらしいよ、明良くん』

主のいない座布団が、車座の中にぽつぽつと点在している。

空席が増えるたびに空気は湿気を含み、座敷の闇はますます重くなっていった。

「さて、だいぶお話も溜まってきましたね」

主催の青年は、ひどく楽しそうだ。

彼は炎の消えた蠟燭《ろうそく》の数を目で数え、残った参加者の顔をぐるりと見回した。

「夜も更けてきました。さぁ、次はどなたが話を聞かせてくださいますか？」

「……はい」

「おや、貴方は……」

遠慮がちに立候補した人物に、青年は意外そうな声を出す。

視線の先にいるのは、三十歳前後の男だった。何かスポーツでもしていたのか、正座でも体格の良さが見て取れる。しかし、揺らぐ炎に浮かんだ顔は緊張のため青くなっていた。

「よろしいんですか。貴方は会が始まってからずっと、とにかく目立たないように振る舞っていらしたのに。よもや、ご自分から進んで手を挙げるとは思いませんでしたよ」

「話せば、帰れるんですよね？」

「ええ、もちろん」

「だったら、お話しします。俺が、今まで味わった中で一番恐ろしかった体験を」

周囲の人間は、男の言葉を聞いても身じろぎ一つしなかった。

そのことが、主催の青年は愉快でたまらない。誰も座っていない座布団が点在するのは何故なのか、理由をわかっていないはずはないだろうに、男が恐怖の体験を語ろうとしても一人として反応しない。いや、できないのだ。

「ふふ。貴方の話は、非常に楽しそうですね。ああいや、これは失礼」

「え？」

「怖そうですね、と言わねば褒《ほ》め言葉にはならないでしょう。……ここでは」

青年は妖しく微笑《ほほえ》み、男の前に和紙に包まれた干菓子を差し出した。

え〜、はじめまして。小杉山雄介《こすぎやまゆうすけ》です。映像プロダクションで働いています。

こんな風に自己紹介すると、大抵の相手は食いつきがいい。映像ってテレビ？　映画？　じゃあ業界の人なんですね。わあ、カッコ良い。芸能人の知り合い、いるんですか？　ざっとこんな具合で合コンなんかじゃ注目の的だ。

でも、調子に乗ってそれ以上の話はしない。知った途端、相手の顔に白けた表情が浮かぶのを知っているからだ。今まで何度も同じ目に遭ってるので、自分から語るのはやめにした。

恵まれた体格のせいで誤解されやすいが、俺は生粋の文系だ。

映画が好きで大学では映研に所属し、コミケで自主制作のＤＶＤを売ったりもした。憧《あこが》れの映像業界に就職できた頃は、それこそ空気も読まずに飲み会で仕事を熱く語っていたものだ。

その結果、参加者をドン引きさせて声がかからなくなった集まりもある。

「何故かって、俺の仕事が心霊ものだからです。ほら、レンタルビデオ店なんかにシリーズで置かれているヤツ。視聴者から投稿を募って、心霊ビデオとか心霊写真なんかに怖いナレーションつけて……あれ、けっこう人気あるんですよ。レンタルの回転率もいいし、コアなファンもついている。だけど、『本物』って謳《うた》ってるだけに、まぁキワモノ扱いですよね」

これが創作なら、まだ自分をごまかせた。どんなに低予算のマイナージャンルでも、そこには俺の創意工夫が含まれている。俺は、俺の感性を使って物語を「創って」いるんだって。

でも、実録の心霊ものじゃその理屈は通用しない。子ども騙《だま》しだ、低俗だって、その一言でお終いだ。それは、制作側の俺たちが一番よくわかっていることだった。だって、誰よりもそう思っているのは視聴者じゃなく自分たちだからだ。

そんな時、願ってもないチャンスが巡ってきた。

シリーズが好評で巻を重ねる内に、投稿ビデオや写真だけじゃ回らなくなってきたのだ。番組として成立するクオリティのものなんかそう集まらないし、だったらいっそやらせでいいんじゃないかって話が持ち上がった。こういうのは、観ている側もある程度インチキだって承知の上で楽しんでいるし、そこは暗黙の了解っていうか、まぁインチキだからって本気で怒るような純粋な視聴者はあまりいない。

「ホラー映画なんかによくある、フェイクドキュメントって手法があるでしょう？　リアルっぽさを出しているけど、実は全部フィクションです、っていう。あれ、俺たちもやろうよってことになりました。それまで、ボンヤリ影が映ってるとか、どう考えても光線の具合だろう、みたいなこじつけ系ばかりでウンザリしていたんで、いっそ開き直って怖いの作るかって。あの時はわくわくしたなぁ。俺、張り切ってシナリオ考えましたよ」

うちの会社は小さいんで、俺はカメラマン兼ディレクター兼レポーター兼運転手……とにかく、何でもやらされた。だけど、企画を考えるのは初めての経験だった。

「テーマは身近な方がいいってことで、バスで起こる怪異になりました」

結局、俺が考えたネタの内で、採用されたのはその一本だけだった。

それでも、俺は嬉《うれ》しかった。何しろ、投稿者のインタビュー動画を撮ったり心霊スポットのレポートをしたり、そんな仕事しかできなかったところへ、全部自分の思い通りに「創れる」現場が転がり込んできたのだ。

「実録の体裁を整えるため、本物の霊能力者を出演させようかって案も出ました。でも、こうなったら全てフェイクでいこうと話がまとまって、霊能者役にアングラ劇団の女優を抜擢したんです。ええと芸名は……いけもと……池本麻理子《いけもとまりこ》って言ったかな。舞台中心の売れない女優だし、顔もあんまり知られてなくて打ってつけでした」

ディレクターの俺は、実話っぽく撮るために大まかな流れだけを彼女に話した。後は、アドリブで演じてもらった方がぐっと臨場感が出るだろう。

話の内容はこうだ。

田舎の路線バス、最終に乗り込むと、たまにおかしな現象が起きる。それも、決まって乗客の少ない時だ。夜道を走る窓に目を移すと、誰も座っていないはずのシートに人影が映る。おかしいな、と思って振り返っても、やっぱりそこは空席のままだ。

そんなことを何度かくり返していると、ある事実に気がついてしまう。

窓に映る人影は、見るたびに少しずつ自分へ近づいている。

最初は通路を隔てた奥の席だったのが、次には二つ手前の方へ、その次は同じ列の後ろ、そのまた次には一つ前へ、そうして次には——すぐ後ろに。

もう、それはボンヤリした人影じゃない。はっきりと顔がわかる。振り返ると、後ろのシートにそいつが座っている。ゆっくりと目線を上げて、何かを訴えるように唇が開く。

「そこで、霊が何を言うかは曖昧《あいまい》にしておきます。実話系って、全部に説明がついちゃうと嘘臭さが増しちゃうんで。何かモヤモヤするけど、ぞくっとくる……くらいが、いいかなと」

もうすぐ、撮影用のバスが到着する。メイクを終えた池本麻理子に、俺は先を続けた。

「池本さんは、そんな怪異の噂《うわさ》を聞いて霊視に来た霊能力者です。バスに乗り込んだら、俺が話したのと同じ現象を自分も視えているように演じてください。窓に映る人影は、編集の時にそれっぽく合成しますから」

「……わかりました」

池本麻理子は三十前後の、少々陰気で真面目そうな女優だった。彼女を連れてきたスタッフによると、本人は「霊感がある」と言っているらしい。いいじゃないか、それくらいの方が芝居も期待ができる。俺は、笑って取り合わなかった。例の霊能力者のことが頭をよぎる。別に本物である必要はないのだ。深夜のロケに相応《ふさわ》しい、薄暗い雰囲気を持っているんだから。

そろそろ着く、と運転するスタッフから連絡が入り、俺たちは撮影の準備を整えて待ち構えた。手持ちカメラは俺が担当し、他は主演女優と照明係の三人だけだ。田舎町だけあって夜中の二時ともなると通りがかる車もなく、実に快適な現場だった。

車の音が近づき、合図のクラクションが鳴る。俺はカメラを回し、照明がバスのシルエットを浮かび上がらせた。よし、いい感じだ。程よく不気味で、何かの予兆を感じさせる。

ところが、ここで問題が起きた。

「私……乗りたくありません……」

「え？」

「乗りたくありません。だって……」

突然、池本麻理子がとんでもないことを言い出し、俺も照明係も狼狽える。おい、土壇場になって何を勝手な……そう言いかけて「あ」と思った。そうか、もう芝居は始まっているんだ。

「嫌よ！　絶対に乗らないわ！　嫌だ！」

いやぁ、ここまでやってくれるとは思わなかった。

彼女は唇をわなわなと震わせ、カッと開いた瞳で瞬きもせずに運転席を睨んでいる。頭を大きく振るたびに髪が乱れ、その形相はホラー映画も顔負けの怖さだ。

「あんたたち、あれが視えないのッ？」

依然としてカメラを回し続ける俺たちへ、ついに彼女が金切り声で叫んだ。迫真の演技だ。指差した先で、バスがゆっくりと停車する。予定通り、全てが順調だ。

「どうしてっ？　何で視えないのっ？」

叫び続ける彼女へ、俺はとりあえず乗車するよう促した。ドアが開き、タラップが映し出される。彼女は目をひん剝《む》くようにして、ひたすら運転席を凝視した。

「乗りたくない……」

先刻までの勢いはどこへやら、うわ言のように呟く。ほとんど泣き声のようだった。

しかし、撮影はここからが本番だ。バスに乗ってもらわなきゃ話にならない。もういいです、次へ行きましょう——俺は、そう小声で指示を出した。

「もしかして……」

絶望的な目をして、彼女は俺を振り返る。

「私にしか視えないの……」

「え？」

「運転席の周りに、たくさん人がいる。うじゃうじゃ、皆おかしな形をしているの」

「あの……」

一瞬、俺は反応に戸惑った。とても演技には思えなかったからだ。彼女は本気で怯《おび》え、乗車を拒絶している。けれど、そのお蔭で予想以上の画が撮れた。このまま撮影を続ければ、きっと口コミで評判になるに違いない。この機を逃すバカはいない。

「乗ってください」

俺は、頑として譲らなかった。場合によっては、契約違反だと脅しをかけるのも厭《いと》わない覚悟だった。それだけ、熱が入っていたのだ。

「でも……でも……ッ」

彼女は血相を変えて、車内と俺を交互に見続けた。潤んだ目が、助けてと訴えている。だけど、俺は聞き入れなかった。芝居か真実かは別として、恐らく池本麻理子の目には怖ろしい光景が映っている。それを、もっと追求したくなっていた。

とうとう根負けし、彼女は震えながらバスへ乗り込んだ。おそるおそる通路を歩こうとした途端、足がもつれて近くのシートへ倒れ込む。

「誰かが、足首を掴みました……」

真っ青になってカメラを振り返るが、そこには諦《あきら》めが浮かんでいた。自分にしか視えない、という思いが、彼女を孤独へ追いやっていく。もちろん、カメラには誰も映らなかった。彼女は一人で歩いて、勝手に転んだだけだ。

もはや、霊能力者の設定はどこかへ飛んでいた。でも、構わない。彼女の恐怖は本物だ。適当な席へ腰かけようとしてはギョッとして身体を引き、おろおろとよそへ移っていく。どんどん移動する様は、まるで彼女自身が『バスの怪異』のようだった。窓ガラスに映る人影。見るたびに座る位置が変わり、近づいてくる――。

「私にしか……視えない……」

ブツブツと、彼女はくり返していた。本人にも、夢と現《うつつ》の区別がついていない感じだ。さすがに不安になり、大丈夫かと声をかけようとした時、車体がガクンと揺れた。

「あ……」

弾みで照明がちらりと足元を照らし、俺は目にした光景に息を呑《の》む。思わず照明係と顔を見合わせたが、池本麻理子は気づかず、ブツブツ呟き続けていた。

彼女の足首に、数本の痣《あざ》ができている。

それは、まるで強く握られたような指の跡だった。

「それで、番組はどうなったんですか?」

青年から好奇心たっぷりに尋ねられ、男は苦笑いで首を振った。

「残念ながらボツになりました。池本麻理子が死んだんです」

「死んだ?」

「ええ。撮影の直後に行方不明になって、後に電話ボックスで死体が発見されたそうですよ。警察の発表によると心筋梗塞《こうそく》らしいけど、何かから逃げている感じだったたって」

男は、しばし迷った末に思い切って先を続ける。

「電話ボックスに逃げ込んで、そのまま出るに出られなくなった、みたいな……」

「…………」

「それが、撮影に使った路線バスの停留所近くなんですよね。まいりましたよ。何だか、後味の悪さだけが残りました。だって、俺は彼女を信じませんでしたから。そのせいかな、今も耳に残っているんです。〝どうして、何で視えないの〟って叫んでた彼女の声が」

はぁ、と自嘲《じちょう》の溜め息を漏らすと、先ほどの干菓子を青年が笑顔で勧めてきた。労をねぎらうつもりだろうか。繊細で見事な作りだったが、男はそれを口にしようとはしなかった。

百物語は語り終えた。後は目の前の蠟燭を吹き消して、ここから立ち去ればいいだけだ。騙されるものか。俺は、絶対に帰るんだ。

「今までの語り手は、食べる必要もなくお迎えが来ましたからね」

青年は、食えと強制してくる。引き下がる気はないようだ。

負けてたまるか、と男は唇を引き結ぶが、両手にはじっとり汗をかいていた。

「召し上がった方がいいですよ。そうしないと、貴方は亡者の成り損ないなままだ」

「……やっぱり、そうだったのか。俺は、もう死んでいるんだな」

「おや、やっと気づかれましたか」

青年は狼狽えもせず、ごく当たり前のような顔でにこりと微笑む。

「ええ、ここは黄泉《よみ》と現世の境目です。これ以上、百物語に相応しい舞台はないでしょう？集まる方々は、皆さん死者の自覚がない。成仏もできず、地獄にも落ちて行けない。死を意識するまで、延々とここで百物語をくり返すんです」

「俺には……」

からからに乾いた唇を舐《な》め、振り絞るように男は声を出す。

「俺には、あんたの言うことが正しいかどうかわからない。ここで死を受け入れたとして、俺たちは本当にどこかへ行けるのか？　あんたに、利用されてるだけじゃないのか？」

「…………」

「空席になった座布団の主は、全部怨霊に連れていかれた。成仏したとは思えない」

そう指摘した瞬間、音もなく青年の顔が目の前へ迫ってきた。

たおやかな微笑は消え失せ、真っ赤に染まった瞳が毒々しく見開かれる。

「――食え」

ひ、と叫びかけた口へ、強引に干菓子が詰め込まれた。

喉《のど》まで力任せに押し込まれ、げええと吐き気がこみ上げる。青年は凄《すさ》まじい力で、次から次へと干菓子を増やしていった。

「黄泉の食い物だ。食え。さぁ、もっと食え」

「ひぐ……ッ……ぐ……」

気管支が詰まり、頭に血が上る。充血した目がぐるりと引っくり返り、男の全身が青紫に変色していった。無理に飲みこんだ分が吐き戻され、塞《ふさ》がれた口の中で溢《あふ》れ出す。

「ぐえぇ……ぐえ……」

ぴくぴくと断末魔の痙攣を起こし、男はゆっくりと白目を剝いていく。

最後の一息まで苦渋にまみれながら、二度目の死が彼を覆い尽くした。


翌日の夕刻、煉と尊が元気に清芽の前へ現れた。

「センセエ！　久しぶり！」

「こんにちは、清芽さん。すみません、またお世話になります」

最寄りの駅から出ているバスが、定刻から五分遅れでバス停に着く。迎えに来ていた清芽を見るなり、二人は転がるように車体から降りてきた。まるで夏休みの再来とも言える光景に、このところ緊張の連続だった清芽もホッと息を漏らす。

「こんにちは、煉くん、尊くん。よく来たね、待ってたよ」

「予定より遅くなっちゃって、ご迷惑じゃなかったですか？」

「出がけに、アクシデントが続いてさぁ。予約してた特急、三本も乗り遅れちゃったよ」

「アクシデント？　何かあったの？」

舗装されていない田舎道を三人でてくてく歩きながら、煉たちは渋い顔で頷いた。

「ま、忠告ってヤツかな。ご先祖様からの」

「オーソドックスですけど、靴ひもが切れたり駅までの車がエンストしたり……」

「一応、西四辻家当主から守護の呪もかけてもらったんだけど、それが仇になっちゃったみたいなんだよな。守るのは難しいから、いっそ行かせない！　の方に走ったっぽい」

「たとえ家にこもっていたとしても、巫女の災厄は避けられないと思いますけどね」

呑気に世間話でもしているような口調だが、内容はなかなかにぞくりとさせる。しかし、これくらいで怖がってなどいられなかった。清芽は気を取り直し、昨日凱斗が退院してからの経緯をざっと彼らに説明する。話している間に境内《けいだい》へ続く石段に到着すると、二人は心地好さげに思い切り伸びをした。

「ああ、ここは良いですね。真木さんの清浄な気が漂ってきます」

「さっすが宮司《ぐうじ》！　結界ってほど、ピリピリしてないところがいいよな」

よーし、と張り切って石段を登る彼らの後を、清芽は遅れてついていく。清浄かぁ、と胸で呟くものの、生まれた時から包まれている空気のせいかまったくピンとこなかった。

「へぇ。じゃあ、M大の方へは二荒《ふたら》さんも行ってるんだ？」

ひょいひょいと石段を上がりながら、煉が意外そうな顔をする。清芽の記憶を失くして人が変わった凱斗が、呪詛返しに協力するとは思わなかったらしい。もっとも、月夜野の霊視で尊と訪れた時に面会さえ拒絶されたのだから無理もないだろう。

「櫛笥さんと明良さんも一緒だから、ずいぶん珍しい三人組ですよね。でも、どうして明良さんまで……あの人、団体行動は大嫌いだと思っていました」

「だよなぁ。ちぇっ、つまんねぇの。何か凄《すご》い技、教えてもらいたかったのに」

「あのね、煉。格闘技じゃないんだからね」

呆れ顔で窘《たしな》める尊は、登るペースも少しゆっくりだ。持つよ、と申し出た清芽の手をやんわり断って「よいしょ」と持ち直すのは、いかにも旅慣れた風のボストンバッグだった。

『協会』所属の霊能力者である二人は、依頼があれば全国どこへでも除霊のために出かけていく。まだ子どもなのに、と清芽は感心すると同時に少し胸が痛んだ。

「君たちが来るって聞いて、母さんが張り切ってるよ。夕飯、ちらし寿司《ずし》にするって」

せめてもの景気づけに、と伝えると、煉と尊の顔が「やった！」と明るくなる。

夕暮れの迫る秋空の下、束の間の平和が三人の間に訪れていた。

「あれ……」

「どうかした、尊くん？」

境内まであと二、三段のところまで来て、不意に尊が足を止める。

「あの……いいえ、えっと……」

言い難そうに語尾を濁す様子に、先に境内へ上がっていた煉が早足で戻ってきた。

「退《ど》け、尊」

「あ」

彼がすかさず押し退《の》けると、弾みで尊の手からボストンバッグが落ちる。

どさっ。

見た目の割に、やたら重量を感じる音だった。奇妙に感じた清芽が拾いあげようとした時、ファスナーが少し開いているのに気がつく。

そうして。

「う……」

隙間《すきま》が視界に入るなり、思わず声が出た。

細長い暗闇に、白く濁った目が見える。

生首だ。

男の生首が、ボストンバッグに詰められている。

「…………」

続く叫びを飲み込み、清芽は魅入られたように生首を見つめた。

生きている。ぎょろぎょろと目玉が動いている。かさかさの唇がもぐもぐ蠢《うごめ》き、あううと断続的に呻《うめ》きが漏れ聞こえた。苦悶《くもん》と狼狽の表情は、己がどうしてこんなところにいるのか、まるきりわかっていないように見える。

「……センセエ、視えるのか」

恐怖に固まっていると、肩越しに煉が険しい声で囁いてきた。

青くなりながら頷き、昨夜、凱斗から能力を貸してもらったことを打ち明ける。

「そっか。ごめんな。つまんねぇもん、連れてきちまって」

言うなり鋭く柏手を打ち、煉が素早く両手で印を組んだ。

「オン・バザラ・ヤキシャ・ウン！」

朗々と響き渡る真言に重なり、ギャッと目玉が炎を吹き上げた。

浄化の炎はたちまち生首を舐め尽くし、ちりちりと髪が焦げ、眼球がパンと破裂する。やがて肌が熱に溶け出し、どろりと皮が落ちて頭蓋骨《ずがいこつ》が現れた。しかし、それも一瞬で黒く煤《すす》け、粉々に砕けていく。全ては瞬きする間に始まって終わり、残った灰も秋の夕風が綺麗《きれい》に攫《さら》っていってしまった。

「消えた……」

後には、普通にバッグの中身が現れる。無論、どこも焼けてはいない。

着替えに洗面道具、そして尊のお気に入りのロボットフィギュアだ。

「み、見ちゃダメですっ」

赤くなってバッグを奪い取り、尊ははぁと盛大な溜め息を吐き出した。

「ああ、こんなところに巣を張るなんて。ひどいや、真木さんに浄化してもらわなきゃ」

「大袈裟だなぁ。俺が祓ったんだから、もう大丈夫だろ」

「だって、僕のマックロス……」

「よしよし。限定品だもんな？　俺が始発で並ぶの付き合ったんだもんな？」

「う……そうだけど」

涙目の尊の頭を、煉が笑って撫でている。相変わらず、見ている方が照れるほどの溺愛《できあい》ぶりだ。分家の煉は本家跡取りである尊を、「未来の俺の主」だと自慢して憚《はばか》らない。

（それにしても……こんなこと初めてだよな……）

二人に微笑ましさを感じる一方で、清芽は胸騒ぎを覚えずにはいられなかった。

除霊を生業《なりわい》とする仕事柄、煉たちは穢《けが》れを近づけないよう呪で自身の周囲を守っている。少なくとも、雑霊が容易に悪戯《いたずら》できるはずはないのだ。まして、出がけには尊の父、すなわち現西四辻家当主から守護の呪までかけられていたという。

こんなところに巣を張るなんて。

何気なく呟いた、尊の言葉がやけに気にかかる。

「櫛笥さんたちが帰ってきたら、早速作戦会議だね」

茜色《あかね》に染まり始めた空を見上げて呟くと、煉と尊も一転、神妙な顔で頷いた。


夕暮れを迎えるM大のキャンパスに、一際目を惹《ひ》く三人組が歩いていた。

櫛笥と凱斗、そして明良だ。最後の講義が終わったばかりで残っている学生はまだ多く、そこはかと注目を浴びながら目的地へ向かうのはなかなか居心地が悪かった。

「まぁ、仕方ないか。二荒くんだけでも目立つのに、明良くんまで来ちゃうし」

「おまえが言うな、櫛笥。腐っても芸能人のくせに」

「腐っても……って、ひどくない？」

明良の毒舌に、櫛笥は眼鏡《めがね》越しの瞳を困ったように細める。三人三様、それぞれ趣の違う美形なので、特に女子学生の視線は嫌でも集まってきてしまうのだ。

「そんなことより、佐原教授はどこなんだ、凱斗？」

「右手に見える東棟の一番端だ。大抵そこの研究室に籠《こ》もっている」

他人に一切興味がない明良と凱斗は、見事に無視を決め込んでいた。そのクールさを羨《うらや》ましいと思う反面、変なところで息が合ってるんだよな、と妙な感心も覚える櫛笥だ。

「おい、急ぐぞ。陽が暮れると厄介だ」

「……ったく。そもそも、櫛笥の到着が遅れるからだろ」

振り返った二人に責められて、最年長の櫛笥はますます立場がない。おまけに、背後から「あのぅ……」と誰かがおずおずと声をかけてくる。

「櫛笥早月《さつき》さんですよね。霊能力者の……」

「私たち、ファンなんです。この間の特番、凄かったです～っ」

案の定、きらきらした目で女子学生たちが詰め寄ってきた。どうも、その、なんて相手をしている間に、凱斗たちはさっさと歩き出してしまう。慌てて後を追おうとしたが、彼女たちは容易に解放してはくれなかった。

「サインしてください！」

「一緒に写真、ダメですかぁ？」

「私の守護霊って、死んだおばあちゃんなんでしょうか」

「肩こりがひどいのは、何かが憑《つ》いてるせいですかっ」

「え、や、あのね……ちょっと今は……」

霊感タレントという肩書きはいかにも軽薄だが、高い霊視力と華やかな美貌、そして持ち前の品の良さから、櫛笥には若い女性を中心に幅広いファンがいる。胡散臭く思われがちな霊能力者のイメージアップに努めているのも、そのためだ。

だから、どこであろうとファンの扱いはぞんざいにはできなかった。

「二荒くん、明良くん！　待ってってば！」

彼女たちが勇気を出したせいで、遠巻きにしていた他の学生たちまで我も我もと集まり、櫛笥を中心にちょっとした人だかりができ始める。

「二荒くん！　明良くん！」

「先に行ってるから、ゆっくり来い」

「俺たちのことは気にするなよ」

これ幸いとばかりに早足で立ち去る二人は、薄情なことに振り向きもしなかった。


「えっ。じゃあ、レポートを持ってきた学生がそわそわしていたのは、櫛笥くんが来ていたからだったのか。凄いな、有名人は違うねぇ。彼、テレビの人気者だものなぁ」

丸眼鏡の似合う童顔に人の好い笑みを浮かべ、白衣の佐原義一《よしかず》は無邪気に感心してみせる。

四十半ばという若さにも拘らず、民俗学の分野では名の知られている人物だが、小柄な外見も手伝って本人には貫禄《かんろく》というものが一切ない。また、権威や学界の地位などにもとんと興味を示さないため、周囲には奇人変人で通っていた。

「で、櫛笥くんはまだファンに足止め食らってるんだ？」

「ある意味、悪霊より性質《たち》が悪い。祓えないし」

「あっはっは。明良くんは、ほんっとうに面白いこと言うよね」

明良の憎まれ口を、佐原は愉快そうに笑い飛ばす。目上に対する不躾《ぶしつけ》な口の利き方も、まったく気にならないようだ。むしろ、「無愛想な態度は素を見せてくれている証拠」だと歓迎しているフシさえある。そんな彼の懐の深さに、日頃は他人と距離を置きがちな凱斗も比較的リラックスして話をすることができた。

「まぁまぁ、二人ともよく来てくれたよ。僕も、そろそろじゃないかと思っていた」

「そろそろ？　佐原教授、それはどういう……」

「うん。話はたくさんあるんだけど、まずはお茶とケーキで寛いで。どう、『八天堂《はってんどう》』の檸檬《れもん》ケーキ。助手の美咲《みさき》さんが冷蔵庫に入れておいてくれたから、ひえひえしっとりでウマウマ……」

「あのな、俺たちはケーキを食べに来たわけじゃないんだけど？」

呆れる明良をよそに、佐原は自分で淹《い》れたコーヒーをいそいそと運んでくる。湯気の香るマグカップを見て「コーヒーは冷やしてないのかよ」と混ぜっ返しても、「座って」と有無を言わさぬ笑顔で促してきた。仕方なく本や資料の山を渋々かき分け、明良と凱斗は質素な応接セットに腰を下ろす。密着して座った二人は微妙な気分だったが、佐原の研究室はとにかく物が溢れていて狭いので我慢せざるを得なかった。

「助手の皆さんは、ちょっとお使いに出ているんだよねぇ」

本棚に収納しきれず、床から生える幾つもの本タワーに囲まれて佐原はニコニコする。お使いと言っているが、意図的に人払いをしたのは明白だった。要するに、それだけ部外者の耳に入れたくない話があるのだろう。

「先ほど〝そろそろ〟と仰《おっしゃ》っていましたが……教授も予測していたんですか。俺たちが、もう一度呪詛返しをやると。しかも、こんな短期間の内に」

「それはそうだよ。当たり前でしょ？」

あっさりと肯定し、佐原は端的に断言する。

「だって、あれは失敗だったからね」

「…………」

些《いささ》かのためらいもないあたり、素人ながら肝が据《す》わっていた。以前に凱斗が訪ねて来た際、彼は巫女の怨霊による怪異にも遭遇しているのだが、怖がるどころか貴重な経験ができたと感動するような人物だったのを思い出す。

だが、今日の佐原はあの時とは少し様子が違うようだ。不意に神妙な顔つきになったかと思うと、おもむろに凱斗へ向かって頭を下げてきた。

「実に申し訳ない！」

「佐原教授……？」

「僕は、今回の失敗について責任を感じているんだよ。特に、二荒くんに対しては」

「え……」

いきなり名指しで謝罪され、凱斗は激しく困惑する。どういうことだ、と明良が佐原とこちらをかわるがわる見たが、心当たりなどまったくなかった。

「ご存知のように、僕の専門は民俗学の土着信仰だ。だから、呪術に対しての知識もそれなりにあるつもりだった。だけど、さすがに呪詛返しなんて大がかりな呪法を経験したのは初めてのことで、しかも君たちが行ったのは極めて特殊な……そう、清芽くんの〝加護〟ありきという唯一の方法だっただろう？　これは滅多に拝めるものじゃないと、僕はかなりハイになってしまった。いわば、協力者ではなく単なる探求者の一人に過ぎなかったんだ」

苦い口調で告白する佐原は、深い自責の念にかられているようだ。しかし、探求者の何が悪いのだろう。彼が呪術関連において素人なのは今更言われるまでもなく、誰も本番で当てにはしていなかった。第一、学者が未知のフィールドで我を忘れて夢中になるのは業のようなものだ。術式の邪魔さえしなければ、咎《とが》められるほどではない。

「ああ、なるほどな」

しかし、明良はすぐにピンときたらしい。

妙に得心のいった様子で、しきりに恐縮する佐原へ意地悪く笑いかけた。

「そうか。確か、あんたは古神宝の形代《かたしろ》について凱斗へ話さなかったんだっけ。あれが、巫女への副葬品じゃないかって考えていたのに誰にも言わなかったんだ」

「……そうなんだよ」

しゅんと肩を落とし、小柄な佐原はますます小さくなる。

「僕が二荒くんを大学へ呼んだのは、もともとその話をするためだったんだ。だけど、その前に巫女の話をしたら怪異現象が起きてそれどころじゃなくなっちゃって。おまけに、僕は形代の話が呪詛返しの重要なポイントとなるって認識が足りていなかった。いや、学者としてはあるまじき凡ミスだ。あらゆる可能性を想定し、一つの情報も漏らさず提供すべきだった。呪詛返しと代替わりの呪法、この二つに興奮しちゃってすっかり頭がお花畑だった」

「凱斗が神隠しに遭ったってことは、巫女の怨霊を完全調伏できなかったからだ。その理由をあんたなりに考えて、形代の存在を思い出したってわけか」

「その通り。櫛笥くんに話してみたら、やっぱりそれが原因じゃないかって言われてね。僕が先に二荒くんに話しておけば、と後からずいぶん悔やんだんだ。だから、戻ってきたって聞いた時は本当に嬉しかったよ。これで、僕ももう一度勝負に出られる。今度は、探求者じゃなくオブザーバーとして、できるだけの協力は惜しまないつもりだよ」

「…………」

言い終わるや否や、彼はがっしと凱斗の両手を握り締めてきた。そのまますいっと丸眼鏡の顔が近づき、息がかかるほどの距離で「申し訳なかったね」と再度謝られる。あまりの迫力に

「いいえ」と首を横に振ると、安堵《あんど》の息と共にすぐさま解放された。

「ああ、良かった。協力するとは言っても、所詮僕は霊感も何もない一研究者だし、こっちから〝呪詛返しをやり直そう〟なんて進言できる立場じゃないからね。こうして、また君たちと戦えるのは何よりだ。決心してくれて、本当に感謝するよ」

「佐原教授……」

今の言葉は、どこか清芽の心情と重なって聞こえる。心は決めていても、自分が扇動するには力が足りないと堪《こら》えていた、あのもどかしげな表情が凱斗の胸に強く残っていた。

「さーてと。懺悔《ざんげ》も済んだことだし、建設的な会話に戻ろうか」

ガラリと口調を変え、吹っ切れた様子の佐原がこくりとコーヒーを飲む。まったく、どこまで本気でどこまでがノリなのかわからない人物だ。

「だけど、僕的には意表を突く二人組の来訪だな。ま、櫛笥くんはこの際置いておくとして、君たちって仲が悪かったじゃない？　まさか、一緒に訪ねて来るなんてね」

「なんで、そこにこだわるんだ？」

「え、だってさ」

いらっと嚙《か》みつく明良へ、彼はしれっと言い返した。

「呪詛返しの際、君たち、それぞれ表へ出さない思惑があったんじゃないの？」

「…………」

一体、この男はどこまで真実を見抜いているのだろう。

そんな複雑な思いに捕らわれ、凱斗も明良も無口になる。確かに指摘された通り、明良は呪法が不完全と知りつつ見逃したし、凱斗はわざと失敗に導くような暴挙に出ていた。

「佐原教授、お聞き及びでしょうが……今の俺は一部の記憶がありません」

明良がハッと身じろいだが、構わずに凱斗は正面から切り込んだ。

欠落している記憶の中で自分が何を考え、どんな目的で行動したのか。第三者の佐原には、却《かえ》ってわかっていたのではないだろうか。

「俺は、何か貴方に言っていませんでしたか。自らが清芽の身代わりになるような、それを示《し》唆《さ》するようなことを口にしたりはしていなかったでしょうか」

「悪いけど、心当たりはまったくないなぁ」

一秒も検討せず、佐原が否定した。

どうやら、凱斗から訊かれることを彼は予測していたようだ。

「ごめんよ、二荒くん。でもね、清芽くんのことを忘れた君には作り話のように聞こえるだろうけど、君は僕に言ったんだよ。〝心に決めた人はいる。それだけで充分です〟って」

「え……」

「今の君はひどく殺伐とした目をしているけど、あの時の二荒くんはそれは穏やかで満ち足りた瞳だった。だから、その言葉には凄く説得力があったよ。自分には大事な人がいる、その事実だけで幸せなんだろうって。きっと、君は清芽くんと出会えてホッとしたんだろうね」

「………」

ホッとした。

飾り気のない単純な言葉なのに、凱斗の心は大きく揺らいだ。そうして、彼の隣に座る明良もまた、同じ言葉に動揺を隠せずにいる。

佐原は二人を見比べ、しみじみと微笑した。

「そういう人のためなら、無茶を承知で何かに挑んだ可能性はあるよね」

「何かに……挑んだ？」

「そう。僕は二荒くんが自己犠牲の上で……要するに、自分の死と引き換えに清芽くんを〝加護〟の負荷から守ろうとしたわけじゃないと思うんだ」

「どういう意味だよ、それ……」

凱斗より先に、明良が口を挟《はさ》んでくる。

佐原の推論に反発を覚え、その声音には剣呑《けんのん》とした響きが滲んでいた。

「あんた、適当な慰めを言ってるんじゃないだろうな。凱斗が一人で暴走した結果が、呪詛返しの失敗と記憶喪失なんじゃないのかよ。他に、どんな理由があるっていうんだ」

「二荒くんの行動は、暴走なんかじゃない。彼は、勝つ気だったんじゃないかと思うよ」

「何……」

「もちろん、これは僕の想像にすぎない。けれど、二荒くんの中には勝算があったんじゃないかって気がするんだ。だけど、彼の考えが及ばない部分で呪法には幾つもの手落ちがあった。それで、勝率が著しく下がってしまったことに気づかなかったんだ」

「じゃあ、わざと身代わりを買って出て、呪詛返しを失敗に導いたって仮説は……」

「え、君たちの間じゃそういう流れになってるの？」

むしろ、そっちがびっくりだよ。

そう言わんばかりに、佐原が眼鏡の奥でパチパチと瞬きをくり返した。

「くそ、わけがわからなくなってきた……」

腰を浮かせて詰め寄っていた明良は、ぐったり脱力してソファに身を沈める。二人のやり取りを黙って聞いていた凱斗が、厳しい表情のままようやく口を開いた。

「俺に勝算があったのなら、その根拠を探してみます」

「二荒くん？」

「残念ながら、俺にはその辺の記憶がない。だけど、本当に勝算があるなら探し出して、もう一度試す価値はある。他の失敗要素を全て排除すれば、次は成功する可能性が高い」

「ふん。そう上手くいくかよ。大体、そのおっさんの妄想かもしれないのに」

溜め息混じりに否定する明良へ、佐原教授が飄々《ひょうひょう》と向き直る。

「学問を発展させるきっかけは、妄想や想像力であることも多いんだよ？」

「戯言《ざれごと》だ。それより、もっと具体的な話をした方がいい。例えば……巫女の赤ん坊とか」

ばさっ。

突然、書架《しょか》から本が二冊、床に落ちた。

ばさばささっ。

続けて、他の場所からも本が雪崩《なだれ》のように落ちていく。まるで視えない生き物が、重力を無視して背表紙の上を這《は》いずり回っているかのようだ。

「……待っていたのか」

禁忌《きんき》の単語を口にした明良が、忌々《いまいま》しげに舌打ちをした。

空気がざわりと波立ち、ささくれだっていくのがわかる。佐原の目が好奇に爛々《らんらん》とし、凱斗は彼を庇《かば》うように素早く立ち上がった。

「おまえと共闘するのは初めてだな、明良」

「まぁ、リハーサルにはいいんじゃないの」

面倒そうに腰を上げ、明良が深く息を吸い込む。

次の瞬間、三人目がけて何かが猛スピードで這ってきた。

「オン・キリキリバザラバジリ・ホラマンダマンダ・ウンハッタ！」

「オン・サラサラ・バザラハラキャラ・ウンハッタ！」

二人が同時に印を組み、結界の真言を口にする。

直後にバチバチッと火花が散り、彼らの周囲に青白い閃光《せんこう》が弧を描いた。

「結界に杭《くい》を打つ！　凱斗、援護しろ！」

「わかった」

立て膝《ひざ》を突いた明良が、自分たちを囲むように四方へ拳《こぶし》を振り上げ、打ち付ける。

間髪容れずにカサカサと這う音がして、再び何かが襲いかかる気配がした。空気を引き裂く怨念の波動が、呪を強化する明良の喉笛を狙《ねら》う。

「オン・バサラ・サトバ・アク！」

パン！　と左右の手のひらを合わせ、前に出た凱斗が怨霊を撥《は》ね返した。

すかさず立ち上がる明良と入れ替わり、彼が打った杭の間に指先で垣を張り巡らせる。その刹那、完成した結界の中心で二人は守護の光炎に包まれた。

「おぉまえをォ……」

地の底から、幾重にもひび割れた呪詛の声が染み出てくる。

「みてぇるうぅうぅ」

「……凱斗」

「〝あいつ〟だ。——ここまで来たか」

どす黒い霧が、床にとぐろを巻いていた。凱斗たちが結界に降ろした神気にあてられ、身を隠していられなくなったのだろう。霧の中で蠢くのは、女の顔と、頭から直接生えている右手と右足だ。その歪《いびつ》な蜘蛛《くも》にも似た姿は、間違いなく祟《たた》り巫女のものだった。

「もぅ……すぐ……」

にたぁ、と女が笑んだ。

赤黒い舌が、ぬらぬらと動く。

「もォオすぅぐダ……」

不協和音の羅列が、不吉な予言に変貌した。

もうすぐだ——何が。何を。どこが。その場の全員が息を呑む中、ざりざりと床を引っ掻きながら祟り巫女が哄笑《こうしょう》した。澱《よど》む空気を震わせて、怨みの音波が凱斗たちを苦しめる。

「煩いな」

不機嫌に眉根を寄せ、明良がおもむろに右手を突き出した。

手のひらを巫女へ向け、彼は「こけ威《おど》しはたくさんだ」と毒づく。同時に結界の光炎がその手を伝い、凄まじい勢いで黒い霧ごと覆い尽くした。

「凄いな……」

めらめらと燃え上がる炎に、佐原が感嘆の声を上げる。しかし、断末魔の声を上げるでもなく、祟り巫女はそのままかき消えてしまった。凱斗が小さく真言を唱え、残り火を静かに霧散させる。左手の甲には、普段は隠している赤の刻印が鮮やかに浮かび上がっていた。

「へぇ、光栄だね。本気出したんだ」

目敏《めざと》く見咎め、明良が皮肉めいた笑みを刻む。早速の嫌みに凱斗は嘆息し、「おまえの呪に合わせるなら、出し惜しみできないだろう」としごく当然の顔で答えた。

「そんなことより、とうとうお出ましだ。まだ、きっかけの言葉が必要なようだが」

「それだけ、あの単語に怨みが詰まってるってことか」

「じゃあ、ますます見つけないとね、埋葬場所を！」

凱斗たちの会話を受け、佐原が張り切って拳を振り上げる——と、ガチャリと音がして出入り口のドアがいきなり開いた。すわ、と全員に緊張が走る中、ひょこっと顔を出したのは疲労困憊《こんぱい》の顔をした櫛笥だ。どうやら、やっとファンから解放されたらしい。

「わ、どうしたの、この有様はっ」

怨霊が暴れていった惨状を目にした彼は、目を丸くしながら中へ入ってきた。

「部屋がぐちゃぐちゃだよ。あ、まさか二荒くんと明良くんが喧嘩《けんか》を……」

「いや、違う」

「斜め上にも程がある」

同時に二人から否定され、思い切り冷たい視線を向けられる。

何が何だかわからないまま、櫛笥は「あんまりだ……」と呟くのだった。

5

「あ〜もう、今頃来るとか！　夕メシ、帰りがけのラーメン屋で済ますとか！」

「清芽《せいが》さんのお母さんが、ちらし寿司《ずし》を作ってくださったんです。それが凄《すご》く美味《おい》しくて」

Ｍ大から戻った櫛笥《くしげ》、凱斗《かいと》、明良《あきら》の三人が適当に夕食を取ったと聞き、煉《れん》と尊《たける》はわあわあとご馳走《ちそう》になったちらし寿司の素晴らしさを自慢する。かなりテンションが高めなのは、久しぶりの全員集合がよほど嬉《うれ》しかったせいだろう。お蔭で、以前に比べて格段に取っ付きの悪い凱斗が輪に混じっても、さほど気まずい空気にはならなかった。

尊のボストンバッグに生首が巣を張り、佐原《さはら》の研究室ではついに祟《たた》り巫女《みこ》が現れた。これは、葉室《はむろ》家に勢揃《せいぞろ》いした呪詛《じゅそ》返しの面々にとっては先が思いやられる展開だ。経過をそれぞれ報告しあっていたら、いつの間にか夜の九時を回っていた。

「じゃあ、巫女の怨霊《おんりょう》は本気で襲ってきたわけじゃなかったんだ……」

櫛笥からざっとあらましを聞き、清芽の表情に緊張が走る。あまり余裕はないと思っていたが、まさか本体が姿を現すまで復活しているとは予想外だった。

「うん。僕も二荒《ふたら》くんたちから聞いた時は驚いたけど、特定の単語が引き金になるだけで、のべつまくなしってわけじゃないらしい。だから、まだ大丈夫。打つ手はあるはずだよ」

「特定の単語って、あか……」

「ストップ、清芽くん」

うっかり「赤ん坊」と口にしかけた清芽を、素早く櫛笥が制止する。いけない、と慌てて唇を引き結ぶと、傍で見ていた凱斗が皮肉っぽく笑った。

「まぁ、そこまで神経質にならなくてもいいさ。思い出してみろ、おまえが俺の見舞いに来ていた時は、それに類する言葉は普通に口にしていただろう」

「あ、それもそうか」

「思うに、祟り巫女の力は段階を踏んで戻っている。まだ万全ではないから、単語そのものに反応するというより発した人間によるのだと思う」

「つまり……霊感ゼロの俺が言ったくらいじゃ、スルーされるってこと?」

「そうなるな」

あっさり肯定され、むうっと清芽は拗《す》ねた気分になる。ところが、相手にしないと思った凱斗は意外にも面倒そうに息を吐き、重ねて説明を加えてきた。

「霊力の高い者の声には、言霊《ことだま》が宿りやすい。だから、安易に辿《たど》られる」

「辿る……」

「言ってみれば、電波が良好な状態だ。届いた単語が呪詛の要因であったなら、祟り巫女は無視ができない。聞くたびに憎悪を蘇《よみがえ》らせるからだ。だから、怒り狂って姿を現す」

「そうそ。だから、兄さんは気を揉《も》む必要ないって。それに、単語だけに反応しているわけじゃないみたいだしね。〝巫女の〟とか頭につけなければ、今の段階ではまだ大丈夫」

明良が軽い口調で取り成しに入ると、凱斗がジロリと彼を睨《にら》みつける。

「おまえ、あの単語をわざと口にしたな？　祟り巫女を試したのか？」

「何の話だよ？」

余計な真似《まね》を、と言外に抗議されても、明良は否定も肯定もせず肩を竦《すく》めただけだ。その態度は、追い返したんだからいいじゃん、と言わんばかりだった。相変わらず不遜《ふそん》だが、すかさず熱狂したのは彼の信奉者たちだ。

「すっげー。明良さん、かっけー。あの巫女を試すとか、どんだけ俺サマ！」

「二荒さんとの共闘、見てみたかったなぁ。きっと、カッコ良かったでしょうねぇ」

興奮する煉の隣では、尊がうっとり瞳を輝かせている。明良は完全にスルーしているが、彼らにとってはそこまでがワンセットになっているようだ。

今、清芽たちは櫛笥や煉、尊に割り振られた広い客間に集まっていた。

めいめいが畳や並んで敷かれた布団の上に陣取る様は、夏休みの頃と同じ光景だ。だが、蚊《か》帳《や》はとうに外され、庭では秋の虫が鳴いている。季節の移り変わりは、皆を囲む状況が大きく変化したのを暗示しているかのようだった。

「はいはい、いつまでもはしゃいでないで本題に入ろうか」

引率の先生よろしく櫛笥が手を叩《たた》き、緩みかけた場の空気を引き締め直した。

「巫女を刺激する特定の単語については、念のために形代《かたしろ》って単語で代用しよう。とにかく、彼女が形代に並々ならぬ執着をしているのはこれで確実になった。なので、僕たちは明日から形代について調査する。佐原教授も、明日には合流するんだよね、二荒くん？」

「ああ。埋葬場所がわかればベストだが、これだけ資料がないとなると難しいだろうな。佐原教授は、郷土史の線から調べ直してみると言っていたが」

「月夜野《つきよの》の分家にも、足を運んでみるってさ。ま、連中が協力するかは謎だけど」

「え、何でだよ、明良。月夜野さんを、救うことにもなるのに」

弟の冷めた意見に、清芽が純粋な疑問を口にする。だが、月夜野の見舞いに分家の人間が一人も来ないことを思うと、ありえない話ではない気がした。

「わかってないな、兄さんは。呪詛を受けているのは、本家直系の跡取りだけだ。厳密に言えば分家は無関係だし、下手に関わって巫女の祟りを受ける方がリスキーだろ？」

「月夜野は、最後の当主になる。彼によって祟りが終了するなら、それもやむなしってところだろうな。生きていれば見殺しにはできないが、今の月夜野は行ける屍《しかばね》だ」

「凱斗まで……」

残酷な事実に絶句していると、場の空気を変えるように尊が「はい」と手を挙げた。

「もし埋葬場所の手掛かりが摑《つか》めなかったら、僕が降霊を試してみます。数百年前の御魂となると古すぎて、上手く接触できないかもしれないけど」

「でも、相手は赤……形代だよ？　意思の疎通、できるの？」

おまえはスルーされる、と言われても、ここは皆と足並みを揃えておきたい。わざわざ言い直した清芽へ、尊がにっこり微笑《ほほえ》んで「できますよ」と請け負った。

「言葉がいらない分、感情だけで交流できるのでむしろ楽です。ただ、水子の魂は純粋なので穢《けが》れをまといやすい面もあって……そうなると邪鬼《じゃき》に変貌《へんぼう》するので厄介なんです」

「心配するな。尊のことは俺が守る。この前だって、そうしただろ」

「……と煉が言っているし、大丈夫です」

「そっか……」

信頼しあう二人の姿に、清芽も心強いものを感じる。子どもらしい言動の裏には、自信に裏打ちされた高いプロ意識が宿っているのだ。彼らは、この上なく頼もしい味方だった。

（本当に、この子たちは出会った頃から一瞬もブレないなぁ）

羨《うらや》ましく思いながら、視界の端でちらりと凱斗の様子を窺《うかが》う。

無愛想なのは毎度のことだが、前と違って一度も視線が交わらないのが淋しかった。

「あの、佐原教授の話題に戻りますけど……今日の話って本当なんですよね？」

「清芽くん？」

「凱斗には、勝算があったはずだって推論です。だから、決して後先顧みずに無茶をしたわけじゃなかったって。死ぬつもりも、皆で取り組んだ呪詛返しをわざとダメにする気もなかったんですよね？　呪詛返しの失敗は、凱斗が引き起こしたものじゃありませんよね？」

「兄さん、鵜呑《うの》みにするなって。夢見るおっさんの妄想なんだから」

希望を抱く清芽に、明良が容赦なく冷や水を浴びせる。

だが、ここで意外な伏兵が清芽の援護に出た。常に明良のシンパを務める西四辻《にしよつつじ》の二人が、真っ向から彼に異を唱えたのだ。

「俺は、絶対佐原教授の説を推します！　なぁ、尊もそうだろ？」

「もちろんだよ。その方が希望が持てるし、二荒さんらしいもん」

「おまえら……」

纏《まと》わりつかれて煩《うるさ》い、と文句を言っていた割に、味方を失った明良は心外そうな顔をする。

だが、清芽は二人の気持ちが嬉しかった。凱斗本人は何の確証も持てないせいか、話にも加わらずに黙りこくっているが、全てを拒絶するような激しさはいくぶん影を潜めている。

（凱斗……）

確かに、佐原の話には明確な根拠がない。

真に受けて喜ぶのは早計だし、事実に反していた場合の衝撃はより深くなるだろう。

（でも、俺は凱斗を信じたい。あれほど、死に急ぐなって俺と話したじゃないか。それに、他の皆だって凱斗にとっては仲間だったはずだ。だったら……）

わざと呪詛返しを失敗させる、なんて真似《まね》をするわけがない。

「まぁ、二荒くんの件については今ここで議論しても仕方ないよ。とにかく、本人が思い出せないって言っている以上、判断材料が少なすぎる。まずは、具体的に検討できるものから話していこう。明良くんも二荒くんも、それでいいね？」

櫛笥が建設的な意見を出し、ひとまずこの話題は棚上げとなった。

もし凱斗が見出した勝算が何かわかれば、今度の呪詛返しにも大きく役立つに違いない。だが、今の彼には雲を摑むような話なのも事実だった。歯がゆいけれど、しばらくは見守るしかないだろう。

「こうやって冷静に思い返すと、僕たちってつくづく甘かったんですね」

「尊くん……？」

不意に、しんみりと尊が呟《つぶや》いた。

それぞれの思いを胸に、皆の視線が彼に向けられる。

「僕、反省しているんです。やっぱり、どこかで祟り巫女をみくびっていたんだなって。それほど、清芽さんの〝加護〟に頼り切っていたんだと思います」

「俺の……〝加護〟に……？」

「はい。だって、どんな存在も神様には敵わないでしょう？　清芽さんの〝加護〟は神格に近くて、あらゆる悪霊を近寄らせもしません。そんな力があるんだから、失敗なんかするはずないんだって……心のどこかで安心していたんです」

「………」

真摯《しんし》な尊の告白に、誰一人異を唱える者はいなかった。

それは、清芽の記憶がない凱斗も同じだろう。自分たちは巫女の赤子という最大の要点を見逃しただけでなく、それぞれが勝手な思惑に捕らわれて連携が取れていなかった。佐原は己のミスだと凱斗たちへ謝罪したが、万全を期すなら入念な準備を怠るべきではなかったのだ。こうして窮地に立たされたのは、ある意味自業自得だった。

「うん……そうだね、尊くん。君の言う通りだと思うよ」

こういう場面で頼りになるのは、やはり年長者の櫛笥だ。

しんみりと項垂《うなだ》れる尊へ、彼は慈しむように優しく声をかけた。

「でもね、そんなに自分を責めちゃダメだ。仕方がない、と言ってしまうのは乱暴だけど、あの時は僕たちにも時間がなかったじゃないか。だって、そうだろう？　ある日、いきなり月夜野という男が現れて〝あと七日で死にます。助けてください〟なんて言ってきたんだよ？　準備万端で挑めなかったのは、不可抗力でもあるんだよ。もちろん、だから失敗していい、ってわけじゃない。反省すべき点は大いにある。関わったからには月夜野を目覚めさせたいし、二荒くんの記憶も完璧《かんぺき》に戻したいしね」

「櫛笥さん……」

「僕たちは、霊能力者としての才に恵まれている。修行も積んできたし、場数も踏んできた。けれど、そのせいで驕《おご》りが身についていたのかもしれない。まぁ、これは一度霊力を失いかけた僕だから言えるんだけどね」

ふっと眼鏡《めがね》越しの瞳を和らげ、櫛笥は自省を含んで微笑んだ。

「今、僕たちはその報いを受けている。全員が、等しく祟り巫女の標的になってしまった。だからこそ、次は失敗できないと覚悟を決めたんだろう？」

「………」

「大丈夫、僕たちが揃えば無敵だ。必ず調伏《ちょうぶく》できる」

「……はい！」

尊が清々《すがすが》しい顔で頷《うなず》き、漆黒《しっこく》の瞳を潤ませた。傍《かたわ》らの煉が、「無敵ってのは悪くねぇよな」と照れ臭そうに笑う。生意気な言い草は変わらないが、声には尊敬の念が混じっていた。

大丈夫、必ず調伏できる——。

櫛笥の言葉を胸で反芻《はんすう》し、清芽は深々と息を吸い込む。

凱斗には勝算があり、〝加護〟のコピーであっても巫女を調伏できると信じて前へ出た。佐原の推測は沈んでいた心に新たな勇気を与え、清芽の背中を前へ押し出してくれる。ちらりと様子を窺うと、凱斗自身にも思うところがあるのか眼差しから険が取れていた。

「うわ、何か苦手な流れだな」

明良だけが、まるで異端者のように離れた場所から皆を眺めている。

皮肉を言ったのではなく本気で引いているのがわかったが、それはそれで彼らしかった。清芽は彼に近づき、「じゃ、おまえはどうするんだよ」と小さな声で尋ねてみる。

「俺は、おまえが力を貸してくれたら嬉しいけどな。凄く頼りになるし」

「兄さん……」

これは、掛け値なしの本音だった。

全員が呪詛の対象となってしまった以上、もう遠慮などはしていられない。

どうする？　と強気で誘う清芽へ、明良は降参とばかりに苦笑いを返してきた。


では、これから本殿へ向かいます。

話し合いを終えた後、真木《まなき》の部屋へ向かった清芽が正座をして頭を下げる。私服から禰宜《ねぎ》姿に着替えただけで、自然と背筋が伸びる思いだった。

「どうだ、清芽。そろそろ冥想《めいそう》にも慣れてきたか？」

「父さんに言われて始めてから、まだ十日になるかならないかだし……正直、雑念ばかり湧《わ》いてきてちゃんと自分と向き合っているのかどうか、自信ないというか……」

「ほう？」

「あ、でも、最初の内は真夜中に一人で冥想って怖くて落ち着かなかったけど、それはだいぶ慣れました。夜中の零時から三時までって、けっこうぞっとしない時間帯ですよね」

子どものような言い訳に、我ながら恥ずかしくなる。〝加護〟のコントロールを少しでも可能にしたいと修行に取り組んでいるのだが、実際やっているのは毎晩の冥想のみだった。しかし、それが真木の言いつけなのだから仕方がない。

「冥想に使う小部屋には、私が特別な結界を張っている。それは、おまえもよく知っているだろう。どんな強力な悪霊だろうと、あそこには近づけない。まして、おまえには〝加護〟がついている。安心して励みなさい」

「はい、でも……どうして真夜中の三時間なんですか」

本殿奥の小部屋に籠《こ》もり、蠟燭《ろうそく》の炎を見つめてひたすら自身と対話する。

その時間帯にも意味があるのかと、清芽は少し不思議だった。実際、昼間は何かと雑用も多く、これからは呪詛返しのための情報収集にも忙しくなるだろう。だが、初めからきっちり時間は決められている。

「零時から三時は、扉の開く時間だ」

厳かに、真木は答えた。

「自身の内側から現世、霊界に至るまで、あらゆる場所に道ができる。それを、感じられるようになりなさい。悪霊はおまえに干渉できないが、〝加護〟は善なるものまで遮断《しゃだん》はしない。清芽、おまえは〝加護〟を使うのではなく、共存する道を模索するのだ」

「使うのではなく……共存する……」

「全ての霊感が奪われているのは、おまえに善を選択する力がないからだ。悪霊に騙《だま》されず、正しいものを感じ取る力を養うことができれば、〝加護〟もおまえの意向に沿うだろう」

「………」

そういえば、と脳裏に一つの記憶が蘇る。

凱斗の生まれ育った家で怪異に見舞われた時、出入り口には呪《じゅ》がかけられていた。けれど、中で襲われている凱斗を救いたい一心で駆けつけた清芽は、その呪を一瞬で解いたのだ。

(あの時、〝加護〟が味方してくれたんだ、と思った。それからだ、意識的に〝加護〟をコントロールできないかって思い始めたのは……)

目から鱗《うろこ》の落ちる思いで、真木の眼差しを受け止める。

全てに意味があり、結果へ繋《つな》がっていくのだと、心に刻まれる思いがした。

「——行ってきます」

畳に両手を突き、静かに頭《こうべ》を垂れる。

もう一度、己を深く見つめ返してみよう、と清芽は決心した。

(零時から三時は扉の開く時間……か)

ふと回想が途切れ、清芽はゆっくりと息を吐き出した。

本殿奥の小部屋に入り、すでに蠟燭の芯《しん》は半分になっている。その間、ここへ来る前に交わした真木との会話を何回反芻したのかわからなかった。

(今更なようだけど、ああいう話を父さんとする機会なんかなかったなぁ)

そう思うと、長子として認められたようで何となく照れ臭い。これまで、霊的なことに関する話題は全て真木と明良だけで行われ、母と清芽は立ち入れなかったのだ。

もともと、清芽は霊的な世界から切り離されて育てられてきた。

長男なのに離れで寝起きしていたし、父の跡を継いで『御影《みかげ》神社』の十代目神主になるのは霊力に優れた明良だと早い内から決まっていた。あくまで一般人として、ごく平凡に普通の生活を送ってきたのだ。それが、悪霊たちから少しでも遠ざけようという親心だったとわかったのは凱斗と出会ったからだった。

『おまえを、怨霊の餌《えさ》になどさせない。そのために、俺がいるんだ』

清芽へ初めて〝加護〟の存在を明かした時、言ってくれたセリフを思い出す。

そのために生きてきたのだと、何のてらいもなく真っ直ぐに告げられた。

(凱斗は、コンプレックスの塊だった俺に教えてくれたんだ。卑屈になる必要はない、俺には俺だけが持つ才能が……武器があるんだって。それを知ることは自分が悪霊の餌であるって自覚に繋がるし、だからこそ明良や父さんは黙っていたんだけど……でも……)

凱斗の愛は、守るだけではなかった。

清芽に、己の運命と対峙《たいじ》する勇気を持ってほしい、と彼は言ったのだ。

(自分で乗り越えてくれって、言われたんだっけ。どうしても厳しい局面では、ちゃんと手を貸すからって。そうだ、何で忘れていたんだろう。凱斗は、そういう奴だったじゃないか。闇雲に俺を庇《かば》ったり、危険から隔離しようとなんかしなかった)

霧が晴れていくように、何もかもが鮮明に見えてきた。

たとえ凱斗自身は忘れていても、彼の想いや願いはちゃんと自分が覚えている。何故、それを信じられなかったのだろう。どんな風に愛されたか、心が忘れるはずはなかったのに。

もっと、彼の真実を見つめれば良かった。

先刻、そう痛感したばかりなのを思い出す。

強くあれ、と清芽へ望んだ本人が、いくら〝加護〟の負荷が心配だからといって身代わりで死ぬことを選ぶはずなんかなかったのだ。佐原教授の見解は、正しかった。

（でも、あの人はどうしてそれがわかったんだろう）

新たな疑問が、また清芽を悩ませる。

（凱斗との付き合いは日が浅いはずだし、こんな大事なことを単なるあてずっぽうで口にするとは考え難いよな。そう思うと、根拠はないっていうのも疑わしいし）

実のところ、清芽には佐原という人物がまだよく摑めない。

けれど、今回の呪詛返しに彼のようなオブザーバーが必要なのは確かだった。それだけに、人となりについてもっと知りたいと思ってしまう。もし凱斗について何か隠していることがあるのなら、せめて自分には話してもらえないだろうか。

そこまで気負い込んだ直後、あ、と現実に立ち返った。

（……無理、だよな。今の俺は、恋人でも何でもないんだし）

抑え込んでいた悲しみが、寂寥《せきりょう》と共に押し寄せてくる。

二荒凱斗という男の『特別』だったのは、今から思い返すとけっこう凄いことだと思う。きつい言葉を平気で口にするし、あからさまに他人を拒絶する。何を考えているのか、不機嫌な顔からはさっぱり予測がつかなかった。その頑《かたく》なな態度は、世界は敵で構築されていると言わんばかりだ。

（今の凱斗は、核を失った状態……）

先日、明良が言っていたのは真実かもしれない、と思った。

以前の凱斗も無愛想ではあったが、不器用な温もりがそこに感じられた。側にいれば寛げたし、安心して身を預けることもできたのだ。清芽は世界で一番居心地の好い場所を得て、失う日が来るなんて想像もしていなかった。

（どうして、こんなことになっちゃったんだろう）

もう一度、あの体温に触れたい。好きだと、囁《ささや》いてほしい。

何度となくくり返した呟きが、また胸を塞《ふさ》いでいく。

皮肉なことだが、呪詛返しという命題を前にくよくよしていられないのは、清芽にとって救いでもあった。もし、自分を忘れた恋人と向き合うだけで日々を送っていたら、とうに心が潰《つぶ》れていただろう。

（……泣いたって、何もならないんだから……）

まずい、と狼狽《ろうばい》した。冥想中だというのに、あるまじき精神の乱れだ。

この弱さを克服できない限り、どんな扉が開こうと気づける余裕など持てないだろう。それでは、修行をしている意味がない。〝加護〟との共存なんて、夢のまた夢だ。

零《こぼ》れ落ちそうになった涙を、清芽は急いで手の甲で擦《こす》った。恥ずかしい。私的感情に振り回されている場合じゃない。自分を叱咤《しった》し、居住まいを正す。

気がつけば、蠟燭の炎が頼りなくなっていた。

きっかり三時間で燃え尽きるので、もうそんな時間かと驚く。そろそろ終わりにしようと立ち上がりかけた清芽は、扉の外で響いた音にぎくりと耳を澄ませた。

――かたん。

（い、今の……何……本殿には誰もいないよな）

神社には参拝や祭事用の拝殿と、神が鎮座する本殿とがある。広く立派な拝殿に比べ、本殿は御神体を祀《まつ》った小さな祭壇があるだけの狭く閉鎖的な空間だ。清芽がいるのは更に奥の小部屋で、母屋へ戻るには扉を開けて本殿を通り抜けなくてはならない。

（何だろう。何かいたら嫌だな……）

凱斗に『目』を貸してもらっているので、異形《いぎょう》がいたら視《み》えてしまう。祟り巫女の影響で悪霊が身辺をうろつき出したのは昼間の生首で体験済みだし、ぐっと全身に力が入った。

（いや、そんなはずはないや。ここに、不浄は入れない。絶対に無理だ）

悪鬼と化した祟り巫女でさえ、呪詛返しを食らう前からここにだけは近づけなかったのだ。

よし、と勇気を出して深呼吸をし、思い切って扉の引き戸に手をかけた。

「誰か……いるんですか……」

そろ、と細めに扉を開け、意を決して声をかけてみる。

思った通り、返事はなかった。物音もあれきり聞こえない。

（ええい！）

埒《らち》が明かないとばかりに引き戸を全開にし、外陣と呼ばれる祭壇のある場所へ踏み出した。

そのまま脇目も振らずに出て行こうと、拳《こぶし》を握りしめて急ぎ足になる。走るのはさすがに御神体に失礼だが、本音を言えばいっきに駆け抜けてしまいたかった。

しかし。

「え……」

視界を掠《かす》める光に、思わず足が止まる。

灯籠《とうろう》の淡い光だけのはずが、どういうわけかやたらと眩《まぶ》しかった。

「…………」

予期していた禍々《まがまが》しさは皆無で、清芽は惹《ひ》かれるように祭壇を振り返る。

榊《さかき》や酒を祀った最上段に御神体を納めた桐の箱があるのだが、誰がやったのか紐《ひも》が解かれ、蓋《ふた》が少しずれていた。光はその中から溢《あふ》れ出て、祭壇まで包み込んでいる。

「破邪《はじゃ》の剣……」

視線が吸い寄せられ、外せなくなった。

呼吸さえ、忘れてしまいそうだ。

代々の宮司《ぐうじ》しか目にすることの叶《かな》わない御神体は、清芽には無関係の神宝だった。父の跡を継ぐ明良ならいざ知らず、自分が目にする機会など一生ない。

触れてはいけない——そう思うのに、震える足は自然と祭壇に向かっていく。

白衣から伸ばした両腕が、何かに導かれるように箱へ近づいた——が。

「ダ……ダメだろッ！　何やってんだよ！」

すんでのところで我に返り、青くなって手を引っ込める。

内緒で開けたと知ったら、真木の逆鱗《げきりん》に触れるのは間違いなかった。日頃は静かで冷涼とした佇《たたず》まいの父が、怒ると鬼神の如く怖ろしいのは葉室家の常識だ。

でも……と、清芽は未練たっぷりに光を見つめ続けた。

御神体の破邪の剣は、『御影神社』を建立した先祖が夢告げに現れた天御影命《あめのみかげのみこと》から賜《たまわ》ったと言い伝えられている。あらゆる邪鬼を祓い、薙《な》ぎ倒す、魔切りの剣という話だ。『御影神社』の古神宝研究をしていた佐原でさえ、これだけは門外不出で調査が無理だった、と言っていた。

「天御影命……破邪の剣……」

神格に近い、と教えてくれたのは、かつて一度だけ〝加護〟の霊視に成功した尊だ。それを聞いた時からずっと、清芽は〝加護〟の正体について想像を巡らせてきた。

祟り巫女の呪詛から守るため、普通なら人に憑《つ》くことなどありえない存在が〝加護〟として降りている。そう解釈するのなら、畏れ多いことだが祭神の天御影命がそうなのではないかと考えたのは一度や二度ではなかった。ただ、己が神憑きであるなどと、本物の霊能力者たちの前で口に出すのはさすがに気が引けて言えなかったのだ。

「だけど、どうして急に……今まで、光が溢れていたことなんてなかったのに」

瞑想のため毎晩来ているが、一度も異変など感じなかった。真珠色をした神々しい光に目を細め、どうしてだろうと考える。父に見せて意見を聞きたいところだが、この場を離れたら消えてしまいそうな気がしてそれもできなかった。

仕方なく、清芽は祭壇の前に正座する。袴《はかま》の膝《ひざ》を揃え、背筋を凛《りん》と伸ばして、御神体に向けて問いかけた。

「貴方は……私を〝加護〟してくださっているのですか」

答えはない。物語のように、頭へ声が直接響くようなこともない。

だが、そんなのは当たり前だった。自分は、明良のような選ばれた存在ではないのだから。

それでも何かの変化を求め、清芽はしばらくそこから動けなかった。


おかしい、と境内《けいだい》の裏手に身を潜めていた明良は、妙な胸騒ぎを覚えた。

清芽が冥想に入って三時間、そろそろ本殿から出て来てもいい頃だ。本殿は渡り廊下で母屋へ繋がっているから、ここからなら姿が見える。何もないようならいいが、少しでも様子が変だったらすぐに声をかけようと思っていた。

「これじゃ、凱斗をストーカー呼ばわりできないな……」

夜中の午前三時だ。さすがに、痛い所業だという自覚はある。

皆で呪詛返しの相談をした後、比較的早めに床へ就いたのだが、どういうわけか目が冴《さ》えて眠れなかった。同じ屋根の下に凱斗が来たせいかと忌々《いまいま》しく思ったが、そうこうする内にやっとうとうとし始める。だが、訪れる夢の中で明良は不吉な光景を見た。

昏睡《こんすい》状態のはずの月夜野が、本殿の周囲をぐるぐると回っている。

あそこは敷地内で一番結界が強く、不浄のモノは近づけない。それでか、と俯瞰《ふかん》で見ていた明良は納得した。月夜野には、彼が呪殺した者の霊が大量に憑いている。

それにしても、兄に何の用事なのだろう。

相手が月夜野となると、吉報か凶報かの区別が難しかった。だが、彼が何かを伝えようとしているのは明白だ。心配なのは、その肉体は依然として病院にあるということだった。

肉体をもたない存在は、周囲の影響を受けやすい。そのため、油断しているとすぐ邪霊に憑りつかれ、悪霊化する恐れがあった。浅い眠りから覚めた明良は、嫌な予感に衝き動かされて寝床を出る。兄に仇為すモノは、自分が片っ端から抹殺せねばならない。

幸い、現実の境内に月夜野の姿は見えなかった。ただし、消えたのか、予知夢なのかはまだわからない。だから、万が一に備えて冥想が終了するまで待機することにした。

「尊が〝魂の抜けた〟状態だと言っていたが……月夜野にも変化があったってことか……」

それならば、凱斗の記憶だって永遠に奪われている保証はない。いつ、どんな拍子で清芽のことを思い出し、再びその腕に抱かないとも限らないのだ。

「くそ……」

先刻、兄から呪詛返しの協力を頼まれた。

頼りになる、なんて言われて承知してしまったが、どのみち真木から厳命された時点で選択肢は他になかった。それほどに、真木の言葉は明良にとって重い。

だが、呪詛返しに成功すれば凱斗の記憶が蘇る確率が高いのも事実だ。

明良にとって、それは深いジレンマだった。祟り巫女を滅すれば、他の連中は幸せになるだろう。だが、自分には何のメリットもない。むしろ、守護の必要がなくなった清芽と恋人だった頃に戻った凱斗によって、もう一度絶望しないといけなくなる。それでも、本気で協力できるのか。後悔したりはしないのか。何度自身へ問いかけても、正解など見当たらなかった。

明良が望むのは、たった一つだ。

真木の言う「別の世界」など欲しくはない。ただ、自分の生きる場所が欲しい。

そのために選べる唯一の道は、呪詛返しの前に清芽を独り占めしてしまうことだ。

ただし、穢れを纏った身では彼に近づくのは許されないだろう。〝加護〟に撥《は》ねつけられてしまうからだ。清芽が触れるのを許している、そういう存在であり続けなくては。

「できるはずだ……きっと」

この世で一番清芽を必要としているのは、自分なのだから。

冷えた夜風に肌を震わせ、明良は闇の中に立ち続けた。

「え、なんでここに……」

「それは、こっちのセリフだ。おまえ、そんな格好で何をやってる」

拝殿に入るなり無遠慮なセリフを吐かれ、清芽は些《いささ》かムッとする。

まさか、こんな時間に凱斗と出くわすとは思わなかった。しかも、彼は着替えてもいない。

「禰宜姿ということは、宮司の手伝いでもしていたのか？」

「こっちが先に訊《き》いたのに……」

「俺は、天井絵を見に来たんだ。夜なら、宮司の邪魔にならないし」

壁に凭《もた》れて顔を上げる凱斗は、いかにも苦しい言い訳をする。

真四角に区切られた格天井《ごうてんじょう》に描かれているのは、百花繚乱《りょうらん》の極楽絵だった。建立時に、地元の名人が描いたものだと伝えられている。だが、どんなに見事な絵でも薄闇の中ではろくに観賞もできまい。そんな矛盾に気づいたのか、彼はやれやれと嘆息した。

「嘘だ。実は、眠れなかったんだ。拝殿に入るのに、寝間着はまずいから着替えた」

「へぇ……」

「何だ？」

「人間相手にはけっこう無礼なのに、やっぱり神様には気を遣うんだなぁって」

「…………」

「あ、ごめん！　あの、嫌みのつもりじゃなくてさ、その」

ジッと睨まれたせいで、言わなくていいことまで口走ってしまう。まいったな、と狼狽しているると、意外にも「別に嫌みじゃない。本当のことだ」と凱斗が薄く笑んだ。

「おかしなものだ。おまえが禰宜の恰好しているせいか、嘘をつきにくい」

「じゃ、じゃあ、俺も本当のことを話すよ。父さんに言われて、毎晩本殿奥の小部屋で冥想をしているんだ。毎日三時間、いろいろ考えを整理するのには凄くいいよ。今夜は、ちょうど終わって出てきたところで……」

「だったら、どうしてここにいる？　本殿からなら、直接母屋へ帰れるだろうに」

もっともな質問を受け、清芽は「う」と言葉に詰まる。

「えーと、いつもはそうするんだけど、今夜はちょっと不思議なことがあったっていうか。なんか、真っ直ぐ部屋に帰るのが勿体《もったい》ない気分だったんだ。でも、母屋でガタガタ物音を立てたりしたら家族や櫛笥さんたちが起きちゃうかもしれないだろ。それで、拝殿に来たんだ。せっかくだから、天井絵でも見ようかなって」

「…………」

「ごめん、嘘です」

笑ってくれるはずもないのに、軽口を叩いてしまう自分が恥ずかしい。

思わぬ形で二人きりになり、清芽は内心「普通でいる」のが難しかった。特に、今夜の冥想中は凱斗の愛情を改めて噛《か》み締めたりもしていたので余計に意識してしまう。

(俺が普通にしていれば、凱斗も普通にするって……そう言ってくれたし)

今は、それだけでも凄く嬉しい。

態度や表情に出さなければ、彼を好きでいることは許されている気がする。

「それで、不思議なことっていうのは何だ？」

「あ、えっと……」

どうしよう。御神体の光について、話してみようか。

一瞬迷いが生じたが、やっぱり何も言えなかった。

あの後、光はすぐに鎮まったし、神社の神宝に関することを迂闊《うかつ》に部外者へ話してしまうわけにはいかない。報告するなら、まず真木が最優先だ。

「一応確認するが、月夜野を見た、なんてことはないだろうな？」

「え……？」

歯切れの悪い清芽に、意外な名前がぶつけられた。だが、月夜野は入院中で意識がないし、こんなところへ来られるわけがない。どういう意味だろうと怪訝《けげん》に見返すと、すぐに決まりの悪い様子で目を逸《そ》らされてしまった。

「いや、いいんだ。見てないなら問題ない。まぁ……生霊でも出たら厄介だし」

「凱斗……」

ひょっとして、「寝られなかった」というのは嘘なんじゃないだろうか。

咄嗟《とっさ》に、そんな考えが清芽の胸を過ぎった。多分、この直感は外れていない気がする。

「ありがとう、気にかけてくれて」

こみ上げる嬉しさに、どうしても表情を抑えることができない。零れそうな笑みで真っ直ぐ礼を言うと、案の定、凱斗は虚を衝かれたように黙りこくってしまった。

(調子に乗って、怒らせちゃったかな)

すぐに不安になったが、どうやらそれは杞憂《きゆう》のようだ。むしろ、仄《ほの》かな灯りでもわかるくらいに彼の目つきが柔らかくなっていた。

「そういえば、本殿には宮司の結界があったな」

「え?」

「だったら、俺が心配することはなかった。バカバカしい」

「…………」

「だから、そういう目で見るのはやめろ」

怒った口調で睨まれて、今度は頑張って笑うのを堪《こら》える。

今、清芽はとても知りたいことがあった。

はたして、どのくらいの熱が愛情と友情の境目になるのだろう。わかっていたら、ちゃんと気をつけられる。凱斗に警戒されないように、笑いかけることができるのに。

「おまえは……変な奴だな」

「え、何で？　どこが？」

心外なことを言われて、まともにびっくりした。

これだけ気を遣っているのに、よりによって「変な奴」はないだろう。そんな心の声が聞こえたかのように、少しムキになって凱斗は続けた。

「俺のどこが、そんなに好きなんだ。綺麗《きれい》さっぱり忘れられてるのに、何でいつまでも態度を変えずにいられるんだ？　俺が憎いなら罵《ののし》ればいいし、薄情者だとなじればいい。いっそ、そうしてくれた方がこっちは気が楽だ」

いつになく饒舌《じょうぜつ》なのは、清浄な空気と優しい灯籠の光のせいかもしれない。

突き放すための言葉ではなく、清芽に答えを求めている気がする。

「じゃあ、楽になんかしてやらないよ」

凱斗の隣で壁に凭れ、同じように天井を見上げながら清芽は溜《た》め息《いき》をついた。いつまでも態度を変えないんじゃない、変えられないんだよ、と心で付け加える。そんな簡単に嫌いになれたら、誰も恋で泣いたりしないじゃないか。

「俺が責めた方が楽だっていうなら、尚更そんなことしてやらない」

「おまえな……」

「いいよ、思い出さなくて」

「…………」

それが本音かどうか自分でもわからないまま、気がつけばそんな風に言っていた。

凱斗が驚いたように身を起こし、真意を問いたげに顔を近づけてくる。表情を窺う眼差しには、どこか迷子の子どもにも似た頼りなさがあった。

「思い出さなくていいって、本気で言っているのか？」

「俺、一つだけずっと不安だったことがあるんだ」

「おい、人の話を……」

「俺に〝加護〟がなかったら、凱斗は好きになってくれたのかなって」

出会ってからの日々が、駆け足で脳裏を駆け巡る。思えば、最初から凱斗は優しかった。愛情を惜しみなく注いでくれ、その身を挺《てい》して危険から守り続けてくれた。

それもこれも、幼い日の邂逅《かいこう》があったからだ。

清芽の〝加護〟が凱斗の命を救い、圧倒的な光で魅了した。

「俺のことを忘れちゃった凱斗にしか、訊くことができないだろ？　だって、以前の凱斗なら真面目に答えなかったと思う。それくらい俺と〝加護〟は切り離せないものだし、凱斗の中に強烈な感情を刻んだ出来事だから」

「…………」

「わかっているんだ。考えるだけナンセンスだって。でも、〝加護〟のない俺は平凡な学生にすぎないし、明良のようなカリスマもない。まして同じ男なのに、凱斗が恋愛感情を抱いてくれるとは思えないんだ。これは、別に卑屈になってるわけじゃなくて……その……」

言葉が途切れた瞬間、清芽の身体を懐かしい体温が包んだ。

え、と思う間もなく腰に腕が回され、強引に抱き寄せられる。

「あ……の……」

「こんなの、別に〝加護〟なんかなくたってできる」

怒ったように彼は呟くが、その声音は切なく耳へ流れ込んできた。

「俺は〝加護〟なんか知らないが、おまえを抱き締めている」

「や、それはそうだけど、俺が言いたいのは……」

「今の俺にとって、おまえは平凡でカリスマのないただの学生だ。おまけに男だし」

「…………」

「それでも、抱き締めたくなる時はあるんだ」

文句あるか、と噛みつくように続け、凱斗が腕に力を込めてくる。

「凱斗……」

火傷《やけど》しそうなこの熱は、はたして愛情と友情のどちらなのだろう。

頭の片隅でそんなことを考え、どちらでもいいと目を閉じた。

清芽にとって大切なのは、何者でもない自分を抱き締めてくれる胸だった。〝加護〟も因縁も関係ない、名前のない甘い衝動だ。

重なる二人の影が、灯籠の灯りに浮かび上がる。

どちらも身じろぎ一つせず、しばらくそのまま動けずにいた。


月夜野さん、そこで何をしているんですか。

薄墨をひと刷けしたような暗がりの下で、和服の月夜野が物言いたげに立っている。

尊は一人で近づくのが怖くなって、無意識に煉の姿を探した。けれど、いくら周囲を見回しても頼れる従兄弟《いとこ》の姿はどこにもない。あんなに構い倒して、過保護なくらい付き纏ってくる彼が、どういうわけか肝心な時にいなくなってしまった。

どうしよう、煉がどこにもいない。

たちまち尊は心細くなり、月夜野に背を向けたくなった。きっと、彼は面倒を持ち込んでくる気だ。自分はベッドの上で動けないから、他人を手足代わりに使おうとしているのだ。

言っておきますが、僕は貴方のことが嫌いですからね。

今度の呪詛返しだって、貴方のためにやろうと思ったわけじゃないんですから。

そうだ、決めたのは他でもない。自分と煉のためだ。祟り巫女の呪詛が、自分たちにも向けられていると感じたから、何がなんでもやり直さなくちゃ、と心が逸《はや》った。

月夜野さん、何が言いたいんですか？

尊は逃げるのをやめて、毅然《きぜん》と対応することにした。大丈夫、煉がいなくたってちゃんと振る舞える。西四辻本家の次期当主として、立派に一門を率いてみせるんだ。

そうしたら、きっと……――。

『きっと、俺なんか用無しだよな』

突然、悲しげな煉の声がした。尊は狼狽《うろた》え、そんなことないよと否定する。だって、僕たちは二人で一人じゃないか。僕が霊視して、煉が祓う。二人で組んでいれば、櫛笥さんが言ったように無敵なんだから。そうだろ、煉？

『でも、さっき俺がいなくたって大丈夫って言ったろ？』

それは……と、尊は言葉に詰まった。

「一人でも大丈夫」と「煉がいなくても平気」は、決してイコールなんかじゃない。

ただ、尊は常に不安だった。自分が「西四辻の次期当主」であるということと、「西四辻尊」という一人の人間だということ。この二つを、煉がイコールにしてやしないかと。

その時、月夜野の唇が微《かす》かに動いた。

彼は、音の出ない動画のようにぱくぱくと何かを訴え続ける。

この時点で、尊にもようやくわかってきた。そうか、これは夢なんだ。僕は夢の中で、月夜野さんに会っている。だけど、恐らくこの夢は——月夜野さんの意識と繋がっている。

もしかして、と僅《わず》かな希望が胸に兆《きざ》した。

月夜野さんの魂は、完全に奪われたわけじゃないのかもしれない。それなら、二荒さんの記憶だって同じことだ。上手くいけば、清芽さんを思い出す可能性があるんじゃないかな。もちろん、呪詛返しが成功しなくちゃダメだろうけど。

そうなったら、自分も勇気を出してみようか。

次期当主と西四辻尊は、イコールじゃないんだよって煉に伝えたい。

月夜野は、ぱくぱく口を動かしている。尊は、無性に彼の言葉が聞きたくなった。何か、呪詛返しに必要なとても重要なことを、教えようとしているのかもしれない。

「月夜野さん、僕に何を伝えたいんですか?」

自分の声にハッとして、夢から目を覚ました。

「ゆ……めか、やっぱり……」

深々と溜め息をついて、煉と櫛笥の穏やかな寝息に耳を澄ませる。

安心した。皆、ちゃんといる。この世界を、怨霊なんかに壊されたくない。

夜明けまで、まだ少し時間があるようだ。布団の中で目を凝らし、尊は唐突に決心した。

「……もう一度、霊視をやってみよう」

そうして、次こそ絶対に何かを摑んでみせる。

息を潜めて、煉の寝顔を見つめてみた。出会った瞬間から、人馴《な》れしない尊がどんなに冷たくあしらおうと、変わらず側にいてくれた大切な従兄弟。

僕も、君を守れるようになるからね——煉。

心の中で語りかけ、尊は朝が来るまでもう一眠りすることにした。


完全な日の出には僅かな間があるが、うっすらと空は白みかけている。

凱斗がいなくなって再び一人になった清芽は、部屋に戻る前に外へ出てみることにした。新鮮な風に当たって気持ちを落ち着けないと、とても眠れそうになかったからだ。

あんな風に抱き締められるなんて、思ってもみなかった。

いくら弱音を吐いたからって、今の凱斗が同情なんかするはずはない。だから、余計に真意がわからなかった。実際、凱斗自身も己の行動にびっくりしていたし、腕から清芽を解放した後は、物も言わずにさっさと出て行ってしまったのだ。次に顔を合わせても、絶対に理由を訊いたりするな——そう背中に書いてあるようだった。

「なんか……不器用な感じは前と一緒だなぁ」

くすり、と笑みが零れた。

我ながら、呆《あき》れるほどに単純だ。冥想の最中、忘れられた身が悲しくて落ち込んでいたくせに、たった一度の抱擁《ほうよう》ですっかり気分が上昇している。

そうだ、蔵の方へ行ってみようか。

神社関連の祭具や資料をしまってある古い蔵は、以前の凱斗が何日も籠もって〝加護〟について調べていた場所だ。故意か偶然か、彼が神隠しから戻ってきたのも同じ場所だった。ほんの少し距離が近づいたお蔭で、今まで辛《つら》かったところへも足を向けられるのが嬉しい。

「あれ……」

本殿の外周から裏手へ回った途端、清芽は人影に驚いた。

蔵の周辺には、こぢんまりとした鎮守の杜《もり》が生い茂っている。その手前に、明良が立っているではないか。まさかこんな時間に……と目を疑ったが、どうやら錯覚ではなく本物らしい。

向こうもこちらに気がついて、軽く右手を振ってきた。

「明良、こんなところで何やってるんだよ」

「兄さんこそ」

慌てて駆け寄る清芽へ、明良が陽気に訊き返してくる。顔には疲労が浮かんでいたが、何故だか安堵《あんど》の笑みを浮かべていた。まさか自分を待っていたのかと思ったが、用事があるなら外陣で待っていればいいだけだ。じゃあ、何を……と考えていたら、冷やかすような目つきで「兄さん、禰宜の恰好、似合うね」と言われた。

「最初の内はぎこちなかったけど、だいぶ着こなしがサマになってきたよ」

「お世辞はいいよ。第一、おまえの方が着慣れてるだろ。袴なら弓道でも着てるんだし」

「そういう問題じゃないんだけど。ああ、でも襟《えり》が乱れてる」

「あ、おい」

身体を不意に近づけ、明良の長い指が襟の端を挟《はさ》んだ。そのまま、すっと流して型を整える仕草は、やたらと意味深で艶《なま》めかしい。突然のことにどぎまぎしていたら、わざとらしい調子で盛大な溜め息をつかれた。

「ありえない。冥想してるだけで、何で着崩れるかなぁ」

「そ、それは……」

上手い言い訳が思いつかず、かあっと顔が熱くなる。

原因は、すぐに察しがついた。恐らく、凱斗に抱き締められたからだ。

「まぁ、ちょっと……いろいろあったんだよ」

「ふぅん?」

不審に思われたのか、探るような眼差しが向けられる。

だが、御神体の件も凱斗が来たことも、悪いが今は話す気になれなかった。特に、凱斗の抱擁に至っては、明良が不機嫌になる顔しか想像できないからだ。

（少しは、兄離れしてくれるといいんだけど……今は非常事態みたいなものだしなぁ）

考えてみれば、悪霊だの祟りだのと関わる前は、自分たち兄弟も普通の距離感だった気がする。日を追うごとに明良の過保護っぷりが目立ってきたのは、それだけ清芽が危なっかしく見えるからだろう。その自覚はあるので、どうしても無下にはできなかった。

「あのさ、兄さん。〝いろいろ〟って……」

「あ、おい、明良。おまえ、ひょっとして熱ないか？」

「え」

あまりにマジマジ見られていたので、逆に明良の異変が目に留まる。

清芽の言葉に、発熱した時に特有の潤んだ瞳が瞬きをした。だが、全てにおいて反応が遅い。もし長時間ここにいたのだとしたら、身体が冷え切ってしまったに違いなかった。

「言動にいつものキレがないと思ったら……」

「何だよ、いつものキレって」

「しょうがないなぁ。ほら、ちょっと触るぞ？」

一応先に断って、額に右手を伸ばしてみる。

明良は「……うん」と素直に頷くと、前屈《かが》みになって顔を近づけてきた。

「ちょっと熱いな……」

「兄さんの手、冷たくて気持ちがいい。熱出して得したな」

「何、バカなこと言ってるんだよ」

軽口を叩き合いながら、久々の『兄の特権』に清芽もまんざらではない。

明良は小さい頃から大人受けが良く、周りからちやほやされてきた。だが、本当は人の好き嫌いが激しく、嫌いな相手に触られると具合を悪くするのもしょっちゅうだったのだ。

そんな彼が、二つ上の兄にだけは全部を許していた。だから、体調不良で熱っぽい時に確認するのは、この年になっても清芽の役目と決まっている。

「とりあえず、もう帰って布団に入れ。一緒に行ってやるから」

「俺、そこまでガキじゃないよ」

「実際、熱が出てるんだぞ。あ、まさか……」

「ん？」

「ここで俺を待ってたって、冗談じゃないのか？」

額に手のひらを当てたまま、思わず呆れて溜め息をついた。どうして屋外の、しかも境内の裏手なんかで待つのか理解に苦しむ。こんな場所にいても、声をかけられない限り気づきっこないからだ。本殿と母家を繋ぐ渡り廊下が見える程度で、これでは「待つ」というより「影ながら見守る」の方が正しい。

「おまえ、凱斗のこと悪く言えないぞ。待つなら本殿に来たら良かったんだ」

「それはできないよ」

「どうして」

「俺、きっと大事な冥想の邪魔をしちゃうからね」

茶化した物言いではあるが、目が笑っていなかった。冥想の邪魔、と明良は言うが、他の人間ならいざ知らず、修行を積んでいる彼が迂闊に口に出せることではない。

「心配してくれる気持ちは有難いけど、もう絶対にするなよ」

他にどう言えばいいのかわからず、清芽はそれだけ約束させた。もっと突っ込んだ質問をすべきかもしれないが、明良が真面目に答えるとは思えない。

「あと、俺なら〝加護〟があるから大丈夫だよ。知ってるだろ？」

「必要ないって。俺の方が役に立つし」

「どこがだよ。それで熱を出されたら、本末転倒だ」

「……ごめん」

少し素っ気なくしたら、珍しく殊勝な態度で謝ってきた。そうなると、体調を崩しているだけに冷たくはできない。それに、いつもは生意気な明良が弟らしく甘えてくるのは決して悪い気分ではなかった。

「とりあえず、早く母屋に戻ろう。ほら、行くぞ」

「兄さん」

「え……わ……」

ふわ、と倒れ掛かるように、背中から明良がしがみついてきた。

冷たい身体が隙間《すきま》なく重ねられ、胸の前で両手がぎゅっと交差する。

どうした、と肩越しに訊いてみたが、しばらく返事はなかった。

「おい、明良。大丈夫か、具合悪いのか？」

「いいんだよ、兄さんはわからなくても」

「わからないって……何が……」

答えになってないぞ、と思ったが、文句を言う前に続けて小さな囁きが聞こえる。

「何もなかったなら、それでいいんだ」

謎かけのような独白の後、明良は満足げに頭を摺《す》り寄せる。まるで猫の子だ。

彼の吐息は、額よりもずっと熱くなっていた。

6

僕は、月夜野《つきよの》さんの霊視をしたいです。

朝食の席で尊《たける》がそう言い出した時、驚いたのは清芽《せいが》の他に櫛笥《くしげ》と煉《れん》だけだった。どういうわけか残りの二人は冷静で、凱斗《かいと》に至っては顔色も変えずに茄子《なす》の味噌汁《みそしる》を啜《すす》っている。だが、尊の方も承知のようで、彼らのリアクションにはまったく頓着せずに先を続けた。

「昨晩、月夜野さんの夢を見ました。何か、僕に言いたそうだった。あれは、ただの夢ではないと思うんです。あの人の御霊が、僅かな時間だけ解放されたんじゃないかって」

「それ、本当なの、尊くん」

真っ先に声を上げたのは、清芽ではなく櫛笥だ。稀代《きたい》の霊媒《れいばい》師と呼ばれる尊の言葉だけに、限りなく説得力がある。一方の煉はしばし無言で眉間《みけん》に皺《しわ》を寄せていたが、やがて小さく息を吐くと「わかった」と覚悟を決めたように答えた。

「尊がしたいことなら、反対はしない。その代わり、俺も病院へは行くからな」

「ありがとう、煉。心強いよ」

「う～ん、残念だなぁ。僕、別件の用事があるんだよね」

本気でがっかりした様子で、櫛笥がまたしても口を挟んでくる。今朝方、佐原《さはら》からメールが来て、月夜野の分家を訪ねるので一緒に来てほしいと名指しされたのだ。しかし、あまり収穫のなさそうな分家より、月夜野の霊視の方が遥《はる》かに興味深い。

「大丈夫ですよ、櫛笥さん。俺が彼らに付いていきます。一応、月夜野さんの身元保証人ですから、何かあった時のためにもいた方がいいし」

「清芽さんが来てくれるなら嬉しいです」

「センセエ、帰りに何か奢《おご》ってくれ！」

「……良かったねー……」

わあ、と一斉に盛り上がる中学生たちに、櫛笥の表情は何とも複雑そうだ。清芽くんは子どもにモテていいよね、と拗ねられて、慌ててフォローに走る清芽だった。

それにしても、と見事に続く連鎖が引っかかる。

これは、はたして偶然なのだろうか。

「あのさ……凱斗……」

食事を終えた凱斗が席を立とうとしたので、思い切って引き留めた。

昨夜の抱擁を引き摺っているせいか、今朝はまともに彼と話をしていない。それどころか目さえ合わせていないのを思い出し、これじゃダメだと清芽は勇気を出す。

「月夜野さんのこと……昨夜、凱斗も俺に訊いてきたよな。あれって、もしかして……」

「昨夜？　兄さん、それ昨夜のいつ？」

凱斗が答えるよりも先に、鋭い声が割り込んできた。明良《あきら》だ。寝込むほどではないが微熱が下がらないので、今朝は比較的影が薄かったのが嘘のようだ。

「え……と、どうした、明良？」

あまりの勢いに戸惑い、何かまずいことでも言っただろうかと狼狽する。よもや、今の一言だけで凱斗に抱き締められたのを悟られたわけではあるまい。それとも、明良にはわかってしまうのだろうか。人間離れした弟のことだ、ありえなくはない……と、思わず救いを求めて凱斗を見たが、彼は面倒臭そうにしかめ面をするだけだった。

（何だよ、あんな気障《きざ》な真似しといて。後悔してるのかよ）

薄情な態度に傷つきつつ、心の底では何かを期待していた自分に気づいてしまう。

清芽は無性に気恥ずかしくなり、懸命に己を戒めた。期待しない、と思っても、触れられれば甘い感覚が目を覚ます。無理やり眠らせるには、一体どうすればいいのだろう。

「兄さん？　俺の話、聞いてる？」

「え？　あ、ごめん……」

うっかり物思いに捕らわれる清芽を、無理やり明良が引き戻した。だが、それまで沈黙していた凱斗が、その様子を見るなり挑発するように口を開く。

「月夜野の夢なら、俺も見たんだ」

「え……」

「尊と同じだ。何か、不吉な予感がした」

「…………」

悪いか、とでも続けそうな勢いだが、清芽の胸はたちまち感激でいっぱいになった。もしやとは思ったが、やはり昨夜の彼はこの身を案じて拝殿まで来てくれたのだ。

「どうして……」

今更訊いたところで、皆もいる前で凱斗が本心を語るはずはない。

それでも、清芽は問いかけずにはいられなかった。あんなに迷惑そうにしていたのに、心配して様子を見に来てくれた理由を知りたくて仕方なかった。

「なぁ、凱斗。どうして昨夜……」

「驚きだ。同じ夢を見た者が、他にもいたとはな」

「……ふざけんなよ」

小さく、口の中で明良が呟く。

え、と訊き返したが、怒りを秘めた眼差しはためらわず凱斗へ向かっていた。剣呑《けんのん》な視線を正面から受け止め、数秒、凱斗と明良は睨み合う。

シン、と朝食の場が静まり返った。

二人の男の間で緊張の糸が張り詰めるが、誰もあえて均衡を崩そうとはしない。

だが、清芽だけは違った。

明良の様子が急に変わった理由を、一瞬にして悟ったからだ。

「明良、おまえ……」

夜風に晒《さら》されて冷え切った身体と、火照《ほて》っていた額。

そう、凱斗の言う通りだ。月夜野の夢を見た者は、他にもいたのだ。

『ここで俺を待ってたって、冗談じゃないのか？』

あの時、明良はどんな気持ちでこのセリフを聞いていたのだろう。何も知らないとはいえ、あまりに残酷なことを言ってしまった。一つ合点がいけばするすると記憶が蘇り、全ての場面において己の鈍感さに自己嫌悪が募ってくる。

「………」

清芽の動揺を目にした途端、明良が物も言わずに食堂を出て行った。

目元が微かに赤く染まっていたのは、熱のせいばかりではないだろう。プライドの高い彼にとって、可哀想がられることほどの屈辱《くつじょく》はない。

「ごちそうさま」

続けて、ぶっきらぼうに凱斗が言い残して食器を手に立ち去った。

何を考えているのか今一つわかり難いが、明良の心情を慮《おもんぱか》り、それを清芽に悟らせようとしたのは明白だ。

「月夜野さんの話題……地雷だったでしょうか……」

後にはおろおろする尊と慰める煉、痛々しい清芽を労《いたわ》るように見る櫛笥が残される。

佐原から櫛笥への電話が鳴り出すまで、重苦しい空気は容易に消えなかった。


月夜野一族の分家筋のうち、一番本家と繋がりの濃い家が葉室《はむろ》家と同じY県にある。入院費用や当主のいなくなった本家の面倒など、一切をそこがみているようだ。

「家長は、月夜野くんの従兄弟にあたる人だね。実は、以前から話を伺わせてほしいと再三お願いの手紙を出していたんだ。けんもほろろに断られ続けたけど、粘った甲斐《かい》があったよ」

「でも、どうして急に訪問を承知してくれたんでしょうか、佐原教授?」

同行する櫛笥は、滑らかなハンドルさばきで優秀なアシスタントっぷりを発揮する。今朝の電話は、免許のない佐原に代わってレンタカーを借りて欲しい、というものだった。

(まったく、絶妙のタイミングで電話くれて助かったよ。地縛霊みたいに、あの場から動けなかったものな。あの強烈な二人に挟まれちゃ、清芽くんも大変だ……)

気持ちを切り替えていかねば、と思うものの、こちらはこちらで何とも不穏なドライブだ。

まず、最初からまったくナビが役に立たない。

土地勘のない場所を目指すのには不可欠なのだが、正確に住所を入力したはずなのに、道のない方向にばかり誘導するのだ。路殺や線路、山などが出てくるたびに「ああ、またか」と引き返す羽目になる。お蔭で、余裕を持って出たのに約束の三時ぎりぎりになってしまった。

おまけに、バックミラーからは妙な視線を感じる。

ちら、と覗《のぞ》くと三回に一回は、怨《うら》みの籠もった黒い目が視界に入るのだ。

こういうのは中古車やレンタカーによくある現象なので、すでに櫛笥も諦《あきら》めていた。仕事としてお祓いを頼まれることも多いし、事故に繋がるような悪質なものでない限り、キリがないので無視するしかない。だが、今回は祟り巫女のことがあるのでつい神経質になってしまい、ひどく気疲れしてしまった。

何だかんだと苦労の末、やっと二人は目的地に到着する。

想像とはかけ離れた光景ではあったが、住所は合っているので間違いはないようだ。

「ここ……みたいですね」

ごく普通の一軒家に、近場のコインパーキングから戻ってきた櫛笥が拍子抜けして呟く。佐原は無事に到着しただけで満足なのか、うんうんと陽気に頷いた。

「まぁ、分家だしねぇ。良かったよ、犬神《いぬがみ》家みたいな門構えだったらどうしようと思った」

「どうもしなくていいと思いますけど……」

注文建築らしき二階建ては、祟り巫女など無縁なありふれた中流家庭を連想させる。明るい外観、鉢植えの草花たち。玄関脇の駐車スペースには、値ごろな国産車の隣にイタリア製の青いロードバイクが置いてあった。

「何か、あれだけ浮いてる感じですね。若い人でもいるのかな」

「櫛笥くん、なにげに失礼だよね」

佐原が、語尾に（笑）でもつきそうな返事をしながらインターフォンを押す。ちょうど約束の時刻だったこともあり、すぐに女性の声で応答があった。

「まぁまぁ、よくおいでくださいました」

玄関のドアが開き、五十絡みの女性が愛想の良い笑顔で迎えてくれる。これも、櫛笥には予想外だった。さんざん会うのを渋られたと聞いていたので、てっきり取りつく島もない態度を取られると覚悟していたのだ。

「主人は今来ますから、ちょっとお待ちくださいね」

「ありがとうございます」

和室の客間に通され、正座した櫛笥がにっこりと礼を言う。すると、たちまち女性は相好《そうごう》を崩し、ほんのり目元を赤らめて「お茶を」と言いながらいそいそ出て行った。

「えーと……佐原教授？」

「まぁ、君を指名したのはそういうわけだ。奥さんが、テレビで櫛笥くんを見て実物に会ってみたいと言ったらしい。良かったねぇ、美形に生まれて」

「はぁ……」

まったく悪びれる様子もなく、餌にしたことを白状される。昨日のM大といい、どうも佐原に関わると霊能力と関係ないところで重宝がられてしまうようだ。それって霊能力者としてどうなんだろう、などと複雑な気分でいたら、不意に佐原が真面目な声を出した。

「祟り巫女が妊娠していたとして、禁句を出さずに話をするのは難しいなぁ」

やっと本題か、と嘆息し、櫛笥も居住まいを正す。

「そうですね。それに、月夜野本家の壮絶な歴史を思うと、分家があんまり普通なんで驚きました。何か収穫があればいいんですが、どうでしょうか」

「奥さんは嫁いできた人だから、あまり関わりがないのかもしれないね。逆を言えば、それだけ本家がクローズだったたってことだ。まぁ、代替わりの呪詛なんぞやらかしていたら外聞は良くない。きっと、本家は怖ろしい秘密主義だったんだろう」

「祟り巫女のことはさすがに聞き及んでいるでしょうし、実際に当主が三十になると亡くなっているんですから、否定のしようはないですよね。せめて、一族内での噂《うわさ》でもいいから新しい情報があるといいんですが……」

「失礼します」

話の途中で、先ほどとは違った若い男の声が聞こえてきた。

どうぞ、と佐原が応えると、滑らかに襖《ふすま》が開き、廊下に正座をした青年が現れる。黒髪に清潔感溢れる白いシャツ、洗いざらしたデニム。どこにでもいる、ごく普通の好青年だ。傍らの盆には茶の支度がしてあり、奥さんの代わりに彼が運んできたことが見て取れた。

「はじめまして、僕は茜悠一郎《あかねゆういちろう》と言います。伯母がこの家に嫁いでいるので、時々遊びに寄らせてもらっています。どうぞ、よろしくお願いします」

丁寧にお辞儀と自己紹介をされ、面食らいつつ櫛笥たちも慌てて頭を下げる。悠一郎は慣れた所作で和室へ入ると、お茶と千菓子の皿を座卓へ置いてまた口を開いた。

「実は、今日は佐原教授がいらっしゃると聞いたんで伯母に無理を言ってしまいました。僕も大学で民俗学を専攻していて、教授の著作物はたくさん拝見しているんです」

「おやおや、それは感心な学生さんだ。じゃあ、僕の研究室に来る？」

「はい？」

本気とも冗談ともつかない言葉に、悠一郎が早速面食らっている。櫛笥が慌てて取り成そうと、引き攣《つ》った笑顔で場に割り込んだ。

「もしかして、外のロードバイクって君のかな？」

「あ、そうです。僕、自転車が好きで……」

「じゃあ、やっぱり近くに住んでいるんだね。大学は……まさかM大ってことは……」

「佐原教授のいらっしゃる？　残念ながら違うんです」

段々と打ち解けてきたのか、表情が和らいできたようだ。悠一郎は改めて佐原に向かうと、きらきらと憧《あこが》れの眼差しで彼を見つめた。

「自転車は、車に積んできたんです。それから、僕が通うのは東京《とうきょう》の方のM大です。ご存知ないですか、民俗学の非常勤講師に二荒《ふたら》っていう先生がいるんですが……」

「え……」

思いがけない名前を聞き、櫛笥と佐原は顔を見合わせる。

二人の反応に、何かまずいことでも言ったかと、再び悠一郎がおろおろし始めた。

月夜野の病室は、相変わらず海の底のように静かだ。

午後の面会時間を待って、清芽と西四辻《にしよつつじ》の二人は霊視のために彼へ会いに来ていた。

「明良さんと二荒さん、二人にしておいて大丈夫なんですか？」

子どもらしからぬ気を回す尊へ、清芽はどう答えたものかと困ってしまう。

一応出かける時に声はかけたのだが、凱斗は「やることがある」と言い、明良は部屋から出てこなかった。けれど、同じ敷地内にいるのだから顔を合わせない保証はない。

（今は共闘して呪詛返しを成功させるのが最優先だし、そこは二人ともちゃんとわかっている

とは思うんだけど……やっぱり心配だよな）

緊張感の漂う関係ではあるが、単に相性が悪いというのとも違う気がする。むしろ、内心そんなに嫌っているわけではないのでは、と思うこともたびたびだ。いずれにせよ、周りが勝手にハラハラしてしまう仲なのは間違いなかった。

（……帰ったら、明良に謝ろう）

御神体の光、凱斗からの抱擁。

立て続けの出来事で、意識が散漫になっていたのは否めない。でも、明良の真意に気づけなかったのは完全に自分の落ち度だった。兄として、可哀想なことをしてしまったと思う。

「尊、本当に始めるのか？」

煉の言葉で、清芽はハッと我に返った。いけない、と憂いを急いで振り払う。

月夜野の眠るベッドの傍らで、煉が心配そうに尊の背中へ問いかけていた。

邪霊を纏う月夜野は、言ってみれば汚濁の沼に沈んでいるようなものだ。大切な尊を、できればそんな不浄に触れさせたくはないのだろう。

「辛《つら》くなったら、すぐにやめろよ？　絶対、無理すんなよ？」

「大丈夫。今なら、月夜野さんと話せる気がするんだ。彼は現世と黄泉《よみ》の狭間にいる。そこでしか知りえない祟り巫女についての情報を、教えてくれるかもしれない」

「そんなの……――

「忘れたの？　月夜野さんは、人一倍生へ執着していたよ。どんな犠牲を払ってでも、生き延びてみせるって言ってたじゃないか。だったら、絶対に諦めていないはずなんだ。たとえ、黄泉に引きずられかけているとしても」

「尊……」

諦めない――それは、今や自分たちにとっても命題となっている。

決意を秘めた尊の瞳に、とうとう煉も引き下がった。しょうがないな、と溜め息をつき、月夜野の胸に両手を置く尊を真剣に見つめる。

月夜野は、人形のように動かない。睫毛《まつげ》一本、揺れもしない。

固唾《かたず》を飲んで見守りながら、いつもながら清芽は畏怖の念を尊へ感じていた。普段目にする控えめで柔らかな雰囲気の彼と、霊視をしている神がかった姿はまるきり別人だ。

「そんなことねぇよ、センセエ」

表情を読んで、煉がそっと呟く。その声は、とても誇らしそうだ。

「全部ひっくるめて、西四辻尊なんだ。俺は、分けて考えたことなんかない」

「煉くん……」

堂々と言い切る姿に胸が熱くなり、ふと凱斗へ問いかけたセリフが蘇った。

『俺に〝加護〟がなかったら、凱斗は好きになってくれたのかなって』

その答えを、今ははっきり聞いた気がする。

〝加護〟だけでも、清芽という人間だけでも、それは葉室清芽の完成形ではない。他の誰でもない、清芽という個が〝加護〟を得たからこそ、幼かった凱斗を強く惹きつけたのだ、と。

他の人間ではダメだったと、必ず凱斗は言ってくれたはずだ。

「センセエ、尊が……ッ」

「どうしたっ？」

狼狽する煉の声に、空気が俄《にわ》かに張り詰めた。

ぶるぶると全身を震わせる尊に、清芽も息を呑《の》んで青くなる。

「尊くん……」

目を見開いた尊が、驚愕《きょうがく》に満ちた表情で月夜野を見下ろしていた。

信じられない、とでも言うように幾度も首を振り、彼は必死で声を絞り出そうとする。己の知った事実を受け入れられず、早く吐き出して楽にならねば、とあがいているようだ。

「尊くん！　どうしたの、尊くん！」

「せ……いがさん……」

よろめく細い身体を、煉がすかさず抱き止めた。

だが、自分が倒れそうになっているのも気づかないのか、構わず尊は訴える。

「死んでいません……」

「え？」

「死んでなかったんです！」

上手く通じないもどかしさに、尊が声を荒らげる。だが、清芽には意味がさっぱりわからなかった。死んでないって誰が？　月夜野は、尊に何を言ったのだろうか。

「あのね、尊くん。落ち着いて最初から……」

「殺されたのは、祟り巫女だけだったんです。僕たちは、皆勘違いしていたんです！」

「………」

「お腹を切り裂かれ、取り出されたモノ……それは放置されたけど死ななかった。飢えて血まみれで呪《のろ》われていたけど、生きていたんです！　生きて、脈々と命を繋いで……」

「う……そだろ……」

「今も、いるんです」

血の気を失った唇から、最悪の結論が紡ぎ出された。

冥想部屋の引き戸を開けた凱斗は、そこで動きを止めてしまった。

「おまえ、寝ていたんじゃなかったのか」

「そっちこそ、ここは部外者の立ち入り禁止だぞ」

床に座ってこちらを見上げているのは、不機嫌の極みの明良だ。熱のせいでいくぶん目が潤んではいるが、独特の目力はまったく衰えていない。

出て行け、と無言で威圧されたが、凱斗も聞き入れるつもりはなかった。自分は自分で、調べたいことがあってここへ来たのだ。

「この部屋は宮司の気が強い。体力がない時に長時間いるのはきついぞ」

「ふん。誰に向かって、物を言っているんだよ」

憎まれ口を叩く様子から、説得は無理だと早々に諦めた。それならば、寝込もうが倒れようが勝手にすればいい。さっさと目的を果たそうと、凱斗は構うのをやめにした。

昨夜の拝殿に出てきた清芽は、明らかに何かを隠していた。

その秘密は、恐らく本堂か冥想部屋にあるに違いない。知ってどうするのか自分でもよくわからなかったが、見過ごしてはいけないと直感的に思った。それで、何か手がかりでもないかと来たのだが、もしかしたら明良も同じ目的だったのだろうか。

「兄さんは、昨夜ここで何かを見たんだ」

思った通り、だるそうな声で明良が言った。

独り言かもしれないと黙っていたら、苦々しい笑い声が後に続く。

「あんたがそれを調べに来たんだとすれば、他人はでしゃばるなって言いたいな。ここで起きたことは葉室家の問題だ。即ち、俺と兄さんの問題なんだ」

「何を……」

「凱斗、呪詛返しから手を引け」

耳を疑うような一言が、明良の唇から放たれた。その話はもう終わってるだろう、と半ば呆れながら彼を見る。上目遣いの瞳には、希望と絶望がないまぜになっていた。

「あんたは、兄さんの記憶がなくても生きていける。つまり、呪詛返しにわざわざ協力する意味はないんだ。たとえ祟り巫女に狙《ねら》われていたって、俺が彼女を滅すれば呪いなんかそこでお終いだ。何も憂うことはないし、気に病む必要もない」

「…………」

「あんたが手を引かないなら、俺がやめる。呪詛返しには協力しない」

今度こそ、凱斗は絶句した。

明良の意図がまったく読めず、何をしたいのかもわからない。

ここで抜ければ、誰より困るのは清芽なはずだ。彼と月夜野こそが、呪詛の中心にいる。それを知っていて力を貸さないというのは、清芽との関係にも影響が出ることは避けられない。

「そうだよ。俺が抜けたら、戦力としてはかなり痛いよね」

険しい表情のまま黙りこくる凱斗へ、明良が不敵に笑んでみせた。

「凱斗、あんたの能力と俺の能力、天秤《てんびん》にかけてどちらかを選べ」

「何だと……」

「――兄さんのために」

ありえない取り引きを持ちかけられ、凱斗はぐっと唇を噛んだ。


「じゃあ、二荒先生のお知り合いなんですか。凄いな、偶然ってあるんですね」

悠一郎は感激し、民俗学にハマったのは講義が面白かったからだ、と打ち明けた。ただ非常勤講師でなかなか会えないし、個人的に話をしたことはないのが残念だ、とも。

「あ、そろそろ伯父さんが来るかな」

壁にかかった時計を見て、そのまま彼は立ち上がる。

「僕、お話の邪魔しちゃ悪いんで一度席を外します。どうぞ、ごゆっくり」

「うん。じゃあ、また」

一礼して去って行くのを見送り、櫛笥はなかなか楽しい青年だったなと思う。

人懐こいけれど礼儀正しく、佐原のおしゃべりにも明晰《めいせき》な受け答えで感心されていた。恐らく清芽と同年代くらいだが、ソツのない落ち着きは十二分に大人っぽい。そのくせ好奇心たっぷりな目をすると、まるで無邪気な赤ん坊のようでもあった。

それにしても、こんな場所で凱斗の教え子に会うとは思わなかった。何だか妙な縁を感じていると、佐原も同感なのか、幸先良い気がするねぇ、と冷めたお茶に口をつける。ついでに、悠一郎の出した干菓子へ手を伸ばそうとした時、ようやく廊下に人の気配がした。

程なくして「お待たせしました」と声がかかり、初老の男性が入ってくる。

「申し訳ない、時間がかかってしまって。私が月夜野政臣《まさおみ》です。珠希《たまき》の従兄弟です」

「佐原です。こちらこそ、今日はありがとうございます。ずいぶん、お忙しそうですね」

「いやぁ、実は思いがけないアクシデントがありまして」

人の好さそうな政臣は、まいりましたよ、と苦笑した。

「佐原さんたちが来たと言われた直後に、家内が玄関先でちょっと来てと言うもので。お客様がいらしているのに何事かと思ったら、自転車が勝手に敷地内に停められていたんですよ。調べたら登録番号のシールが貼《は》られていたんで、持ち主に抗議しようと思ったんです」

「え……？」

「ところが、驚きましたよ。問い合わせてみたら、盗難届が出されてるって言うじゃありませんか。おまけに盗まれたのは一年以上前で、場所も東京だって言うんですから」

「……盗難届……」

耳を疑うような事実を聞かされ、櫛笥も佐原もわけがわからなくなった。

盗品とはどういうことだ。あの自転車は自分のだと、悠一郎は誇らしそうに答えていたはずだ。まさか、盗品の自転車を平気な顔で乗り回していたのだろうか。

いや、そもそもの前提がおかしい。

悠一郎の口ぶりでは、この家へよく来ているようだった。それなら、停めてある自転車の持ち主は彼だと思うのが道理だ。それを、さっさと問い合わせるなんて話が変だ。

「あの……失礼ですが……」

嫌な予感に苛《さいな》まれながら、櫛笥がおそるおそる政臣に尋ねる。

「奥さんの甥《おい》っ子さんが、遊びに来ていたのでは……」

「妻の甥？　なんの話です？」

「………」

「私の妻は一人っ子です。甥なんていませんよ」

信じられない一言が、櫛笥と佐原から瞬時に表情を失わせた。

では、さっきまで一緒にいた青年は誰だったのだ。彼は、間違いなく生者だった。しかし、嘘までついて他人の家へ上がり込み、何が目的で櫛笥たちの顔を見に来たのか。

記憶の悠一郎が、みるみる輪郭を曖昧《あいまい》にしていく。

悪意か好奇心かわからない、底知れなさにぞっと背筋が冷たくなった。

「どういうことだ……」

呻《うめ》くように呟き、櫛笥は混乱の極みに立つ。

呪詛返しの新たな一歩は、完全に振り出しに戻った気がした。

主催の青年は、満足そうにくすくすと微笑んだ。

車座になった座布団には、もう誰も座っていない。

百話を語り終える前に、参加者はどこかへ引き摺られていったからだ。

散らかった干菓子。折れたパンプス。血文字の書かれた雨傘——どれも実に楽しい話ばかりだった。栄養をたらふく取って、お母さんも満足そうだ。

お母さん。

いや、そうじゃない。お母さんのお母さんのお母さんのお母さんの……——。

キリがないな、と青年は数えるのを止めた。自分が一人であるように、母親も一人だ。それでいい。計算は合っている。全部のお母さんが一人で、全部の子どもが自分だ。

からり、と背後で音がした。

障子が開いて、おずおずと人が座敷に入ってくる。

今度は何人だろう、と考えた。あと幾つ、怖い話が足らないのだっけ。

「ようこそ、いらっしゃいました」

青年は優雅に立ち上がり、客人に空いた座布団を勧めていった。

新しい蠟燭に火をつけると、亡者たちが語り出す。
今まで経験した中で、一番怖かった体験を。
異形の巫女が復活するまで、この集いは終わらない。
誰も帰れないし、この部屋からも出られない。

さあ。
『百物語』を続けよう――。

あとがき

こんにちは、神奈木《かんなぎ》です。大変お待たせして、申し訳ありませんでした。ようやく『守護者シリーズ』最新刊をお届けできます。前作のあとがきで「間をおかず」に続きを、と宣言までしていたのにこんなに空いてしまって……ううう、お詫《わ》びの言葉もありません。しかも、書いている間に構想が膨《ふく》らみすぎて、あんなキャラもこんなネタも、と欲張っていたらとんでもない結末に（汗）。ですがですが！　さすがに、次作は可能な限り早く出さねばなりません。ここまで読んでくださった皆様は「当たり前じゃあ、ボケェッ！」と思われたはずですが、誰より強くそう思っているのは私ですので、どうか引き続きよろしくお願いします。

実は、今作に至るまで、個人的な事情で少々執筆活動が思うようにいきませんでした。そんなわけで、この一年の刊行点数や書き下ろしの少なさは我ながら愕然《がくぜん》とするところですが、読者様のためにもできるだけ早く続きを、と根気よく私を励まし、発行に尽力してくださった担当様、そしてイラストのみずかね様には、大変なご迷惑をおかけしてしまいました。この場を借りて深くお詫びしたいと思います。特にみずかね様には、大変にお忙しい中で無理を聞いていただきまして、心の底から申し訳なかったです。けれど、拝見したイラストは全て想像の上をいく素晴らしさで、もうもう感激で言葉にできないほどでした。モノクロは言うに及ばず、表紙と口絵の美しさ、艶めかしさに、どれほど萌えたかわかりません。改稿作業では大きな心の支えともなりました。本当に、どうもありがとうございました。

今回「構想膨らみすぎ」の弊害で、ホラー面はともかくラブが……その……という感じなのですが、本当はシリーズで一番ラブ面の盛り上がりを頑張ろうと思っていたネタでもありました（何と言っても記憶喪失ですよ！　ラブが盛り上がらぬわけがない）。この辺、次に持ち越しになってしまいましたが、私としては記憶のない凱斗の方が書きやすい、という意外な発見がありました。そう、本来はこういう人間だったはずが清芽の存在ゆえに変化してるので、キャラ造形に矛盾というか「とらえどころがない」人になってしまっていたんだなーと再確認。なので、歪んだまま大人になった凱斗が清芽に恋をしたらどんな人間になるのだろう、というのはこれから書く上で私自身、とてもわくわくだったりします。その辺は、明良の頑張りと共に見守っていただけますと有難いので、どうか次を！　次をよろしくお願いします（必死だ）！私も誠心誠意頑張ってオチをつけますので、楽しみに待っていてくださると嬉しいです。

百物語は、調べるといろいろなルールがあって面白いですよね。もっと怖くなるように、次のネタも考えていかねば。そして、次こそラブ面も頑張ります（まだ言っている……）。

ではでは、今回はこんなところで。次の機会に、またお会いいたしましょう。

神奈木　智《さとる》拝

https://twitter.com/skannagi（ツイッター）http://blog.40winks-sk.net/（ブログ）

※参考文献

呪術探究〈巻の一〉死の呪法、呪術探究〈巻の二〉呪詛返し、呪術探究〈巻の三〉忍び寄る魔を退ける結界法（呪術探求編集部・原書房）、呪術・占いのすべて―「歴史に伏流する闇の系譜」を探究する！（瓜生中・渋谷申博　著・日本文芸社）、呪術・霊符の秘儀秘伝［実践講座］（大宮司郎　著・ビイングネットプレス：増補版）、日本の神々の事典―神道祭祀と八百万の神々（学研）、図説日本呪術全書（豊島泰国　著・原書房）、印と真言の本（学研）、加持祈禱の本（学研）、図説 神佛祈禱の道具（原書房）、呪いと祟りの日本古代史（東京書籍）

この本を読んでのご意見、ご感想を編集部までお寄せください。
《あて先》〒105-8055　東京都港区芝大門2-2-1　徳間書店　キャラ編集部気付
「守護者がさまよう記憶の迷路」係

■初出一覧

守護者がさまよう記憶の迷路……書き下ろし

2015年8月31日　初刷

著者　神奈木 智
発行者　川田 修
発行所　株式会社徳間書店
〒105-8055　東京都港区芝大門2-2-1
電話　048-451-5960（販売部）
03-5403-4348（編集部）
振替　00140-0-44392

守護者がさまよう記憶の迷路……【キャラ文庫】

印刷・製本　図書印刷株式会社
カバー・口絵　近代美術株式会社
デザイン　百足屋ユウコ＋松澤のどか（ムシカゴグラフィクス）

ISBN978-4-19-900809-2

神奈木 智の本

好評発売中

「守護者がめざめる逢魔が時」

シリーズ1〜3 以下続刊

イラスト✦みずかねりょう

一週間以内に、屋敷に取り憑いた怨霊を祓え——高額の報酬に釣られ、胡散臭いバイトを受けてしまった大学生の清芽《せいが》。街中で偶然怪我をさせた男・凱斗《かいと》に同行を頼まれてしまったのだ。ところが訪れた屋敷には、若く有能な霊能力者達が勢揃い!!　霊感の欠片もないのに、あるフリなんかできるのか!?　不安に駆られる清芽に、凱斗は「俺が選んだのはおまえだ」となぜか謎めいた言葉を囁いてきて!?

神奈木 智の本

恋人がなぜか多すぎる
Satoru Kannagi Presents
神奈木智
イラスト◆高星麻子
恋した相手の、名前も顔もわからない！
しかも、候補者は四人いる!?
キャラ文庫

好評発売中

「恋人がなぜか多すぎる」

イラスト✦高星麻子

旅先でバス事故に巻き込まれた従兄が、意識不明の重体!!　しかも目覚めた時には記憶を失い、別人に意識を奪われていた!?　美貌だけれど、意地悪な俺サマだった聖人《きよと》の様子に、弟分の瑛《あきら》は呆然!!　でも、不遜な物言いや態度は似ているけど、優しい眼差しは確かに別人――。「俺は聖人じゃない」と主張する彼を信じた瑛は、聖人と一緒にいまだ意識不明の本体候補の四人の青年を調べ始めて…!?